一棵走近死亡的百年老树
站在冬天
挺起硬骨头一样的身躯
假如,我的生命
像这棵树,那该多好

周鑑明 题字

肖雪涛/著

南方出版社

# 序

## 遇见，在压手、捕心之间

孤城

行走的力量，暗含无尽机缘。进京入职近十年，诗人肖雪涛是我北漂结识的一位无为老乡。缘于文字、老乡情谊，相识相知，无疑，是一种贴心的遇见。无论他拉着我在北京街头风驰电掣，抑或闲话雅集，还是我们在苍茫大草原对月豪饮……生命的活力，灿若乌兰布统小镇上空，那连夜的烟花四射。

说到遇见，混沌中，我们命定遇见自己，继而，有限遇见世界。一并，这尘世的所有冷暖、圆缺。遇见，是一种奇妙的缘分。里面蕴含了宿命，蕴含了这样那样的不确定，以及，不可捉摸性。遇见是一种机遇，更是一种自给。它让我们感受到了生活的美好与多元，也让我们学会了珍惜与感恩。在何其漫长却又何其短暂的光阴里，留给我们喘息、换肩，留给我们继续保持开放的心态，去遇见更多的人和事，遇见隐匿世相表层下的脉动与肌理，让生命中的每一次遇见，都成为我们走向圆融的助力。

每个人，都有专属于自己生命历程的万般"遇见"。显然，肖雪涛也有他自己的多彩"遇见"，也有他自己对"遇见"的主张。这主张，幻化成诗句，汇聚成他的第三部诗集《遇见》，压手、捕心之间，就平添了更为丰厚辽远的情感场域。在肖雪涛的诗性情感图谱中，他渐次遇见故乡、知音、亲情、最美。诗意丰盈、激荡在他的心底，以致他的表达，循沿中正、质朴的抒情路线，抵达他倾心认领的精神故乡。

一、以微小的切口，展现尽可能广博的对乡梓的凝望

故乡，是烙印在我们每个人身上的一块情感胎记。故乡承载了肖雪涛太多太多的回忆与感怀。他怀着一颗感恩之心，在生命中最柔软的部分，一遍遍，遇见故乡。遇见得具体、及物、细微、深情。在诗人的笔下，遇见故乡的叙述方式，是舒缓的，有着回望与追忆的意绪底色。肖雪涛擅于以微小的切口，呈现与故乡的遇见。试图以尽可能小的切口，展现尽可能广博的对乡梓的凝望。这无意或有意中，暗合了诗歌这门艺术，以尽可能少的语言，表达出尽可能多的内涵的美学精髓。

极目故乡的山山水水，这方水土上的一滴雨，一棵树，一粒米……阳光、雨露般喂养我长大的父亲的汗水，泽被童年、少年的肖雪涛，乃至"一如盘旋在故乡空中的鹰"的肖雪涛，一路成长，从稚弱走向苗壮，振翅蓝天后，油然回顾，感恩、回报之情，跃然于字里行间（《感恩故乡》）。诗人对故乡的爱，万花筒般在转动中获取切面。乡雪、田野、河流、村庄、集市、树林、童年伙伴、儿时美味……可以是岁月深处清晰浮出的《小

巷记忆》,那些散落尘封的欢声笑语,经由光阴淘洗,记忆打磨,在匆匆那年懵懂青葱的情愫中,在古老的月光下,焕发出银器般纯粹迷人的光泽;可以是《雨天,我撑起一块天》,"雨天,我为自己撑起了一块天/小时候,父亲也为我撑过……父亲老了,想去看望他的父亲/坟前,我也为他撑过……我撑起的这块天空下/父亲已远去多年/儿子也渐渐/长大,像鸟儿飞出了窠",以其简洁而深沉的笔触,勾勒出了作者与父亲之间跨越时空的情感纽带,以及作者自身对家庭、对过去的深沉回忆和对未来的孤独思考。情感真挚,意境深远,充满了对人生的感悟和对亲情的缅怀。

"我挺拔的身子/一如被雪压弯的枝条/佝偻着/孤独地为自己,撑起这块天/一滴雨/从岁月的缝隙中掉落",是整首诗歌的高潮和收尾。肖雪涛通过描绘自己佝偻的身体和孤独的身影,表达了对岁月无情和人生孤独的深刻感受。同时,"一滴雨从岁月的缝隙中掉落"这一细节描写,既是对前面雨天情景的呼应,也是对人生无常和时光易逝的感叹。这种感叹不仅让读者感受到作者的孤独和无奈,也让人思考人生的意义和价值;在众多细微的诗性"路遇"故乡的情感切口当中,《风铃声》一诗,一样显得特别——

山半腰
蹲着一座古老的寺庙
我喜欢宁静

却又偏偏爱听
挂在翘檐下风铃碰撞声
800年的寺庙
800年的梅花雨

纤风抚摸，叮叮当当
像童年学校上课的铃音
又仿佛是山后
泉水叮咚
更像母亲在古镇呼喊
我的乳名
像是要把我，也喊成风铃

  肖雪涛以优美的语言和富有情感表达的意象，营造了一种宁静、和谐而又温馨的氛围。诗歌从古寺庙的背景出发，以风铃声为线索，串联起了一系列的情感和记忆。首先，肖雪涛描绘了古寺庙的宁静环境，给人一种神秘而又宁静的感觉。紧接着，通过风铃声的描述，将其与童年学校上课的铃音、山后的泉水叮咚声、母亲在古镇呼喊的场景相联系，进一步拓展了诗歌的情感空间。这些声音不仅具有现实的声音效果，还融入了肖雪涛的情感体验和记忆，使诗歌具有了丰富的情感内涵。此外，诗人通过"800年的寺庙"和"800年的梅花雨"等意象，营造了一种历史的厚重感，使诗歌具有了历史和文化的深度。这些意象不仅增强了诗歌的艺术表现力，还为读者提供了一种思考历史、文化和社会背景的机会。结句风铃声"更像母亲在古镇呼喊／我的乳名／像是要把我，也喊成风铃"，灵动，出彩。在语言运用方面，肖雪涛运用了简洁、明快的语言，使诗歌的语言流畅、优美。同时，还巧妙地运用了比喻、排比等修辞手法，增强了诗歌的形象化和生动性。整首诗的节奏明快、情感深沉，力图艺术感染力的有效传递。

"我伫立江边，抬头仰望／高远的苍穹／满眼芦花，正漫天飞旋"（《耄耋归乡》）；"信息不停地飞旋／总在传递，彼此升温的情感"（《梦留江南》）……不同的视角，个体对故乡的特有体验和记忆，构筑了肖雪涛"遇见故乡"的斑斓且丰厚的诗意图景。

## 二、多元场景下，情感底色的渐次显影

故乡是源头，是物化的存续，更是游子情感脉络走势的载体。故乡的小桥流水，阡陌炊烟，鸡鸣犬吠之外，温暖萦绕心底的乡情之外，另一种情感的容器，盛载着的，则是高山流水，是以心发现心的琴弦和鸣。肖雪涛诗集《遇见》的第二、三辑，给了知音、亲情。

清晰，是诗歌有效表达所必备的元素之一。而距离与朦胧，则是心灵触角在探寻与撷取过程中的气息迷人的空间。一袭《窗帘》隔开世界，比洞开，更具奔赴的力量。"挡住

了白,却放进了黑/我不打开灯/光明/就会永远阻止在窗外……我看不到太阳走在空中/听到鸟语,却见不到/它飞翔的身姿/可以想像车水马的/街道上,那个熟悉的背影/越移越远/陌生的心,越走越近",肖雪涛在处理内心小宇宙与庞杂的外部世界所依附的情感纠葛中,所面临的内心挣扎和矛盾时,有自己的观点与拿捏。隐秘的意绪,有不易察觉的荡漾、甜蜜之美。诗人通过对窗帘这一日常用品的细腻描绘,巧妙地隐喻了"我"在封闭与开放、光明与黑暗、远与近之间的抉择与波折。

肖雪涛或情由景生,或由景及情,还原了众多虚实相生的情感现场。有置身寒雪中的温暖传输(《这个冬天,我未觉得冷》);有宛若对蝶,混入桃园的流连身影(《一团火,点燃在桃园》);有湖畔同框的珍贵(《我和舍米湖,有一张合影》)……途中,花边,雨后,向晚,际遇,月下,随处散落着,犹如小夜曲的迷人音符。抑或,岁月淘洗记忆曝光中,渐渐显影愈加簇新的私藏。

塞缪尔·约翰逊说,最明亮的欢乐火焰大概都是由意外的火花点燃的。人生道路上不时散发出芳香的花朵,也是从偶然落下的种子自然生长起来的。冥冥中,在所有遇见中,或意外,或偶然,存在,即道理,温暖的暗香、潜流、暗物质,泽被了生活美好、向善的部分的存续与传递。极目爱的意义,应止于付出,止于实在的惠及。肖雪涛深谙,如果"虚构了一把伞,却/无法罩在你头顶/既然不能为你遮风挡雨/这把伞,就虚构得毫无意义"(《虚构》);他因循中正,应对光景,"鸟儿,在树梢上移动歌声/绿芽,如一粒粒翡翠/从枝头冒出/湖边阴暗处,暖阳正在吞吃/最后几朵残雪"(《湖边,有人伫立》),经手旧人事遗落的忧伤,随云空漫卷;亦可独处,完成闭环、自洽,建立属于一个人的乌托邦"没人理我的夜,我自己就是/一个世界"(《我不知道自己在哪》)……父母、女儿、兄弟等等亲情,在情感底片上的叠加、显影。光阴的流逝,生命的规律在诗句中的积淀、厘清……在内心情感深一脚浅一脚的远行中,肖雪涛诗歌的落脚点繁复、星散,呈现温暖、及物、走心的质地。

乡情、友情、爱情、亲情,是肖雪涛完成《遇见》的主场。此去不远,遇见最美——

### 三、一切的安排,都是最美好的

一路走过来,我们必然要遇见许多人,经历许多事,个体生命经验与价值,在诸般历世的得失、冷暖、圆缺的动态更迭中,得以丰盈、厚重起来。与之相匹配的,是笔下的文字。肖雪涛有他对生命姿态的理想憧憬:

一棵走近死亡的百年老树
站在冬天
挺起硬骨头一样的身躯

假如，我的生命

像这棵老树，那该多好

　　如果说故乡、知音、亲情是有着明晰界限的能指范畴，那么，"美好"则涵盖了一个无限延伸的辽阔时空。"美好"一词的意指半径，必须是：射线。诗集《遇见》，把"遇见美好"做为最后压轴的小辑，完成情感场域实指、虚指之外的无限指，破界而获得更高层面的自在。这其中，也有意无意间，折射出诗人肖雪涛，勾连个体生命独到体验，对于"遇见"一词内在意义的，多角度、多方式、多维度的集中诠释。

2024年7月2日于北京农展馆南里10号

　　作者简介：孤城，原名赵业胜，安徽无为人。中国作家协会会员、中国诗歌学会理事。现居北京，任《诗刊》社中国诗歌网编辑部主任。著有诗集《孤城诗选》《山水宴》。

# 目 录

## 第一辑：遇见故乡

003 / 感恩故乡
004 / 重踏故乡路
005 / 秋收后
006 / 小巷记忆
007 / 雨天，我撑起一块天
009 / 闯荡
010 / 去乡下（组诗）
014 / 返乡潮
016 / 这个黄昏
017 / 平等走起
018 / 夜归人未归
019 / 桂花暗香进中秋
020 / 城市夜
021 / 路边的邮筒
022 / 香气飘进黑夜
023 / 冲向另一个生存空间

| | | |
|---|---|---|
| 024 | / | 向往故乡（组诗） |
| 026 | / | 风铃声 |
| 027 | / | 耄耋归乡 |
| 029 | / | 梦留江南 |
| 030 | / | 雪花依旧留恋故乡 |
| 031 | / | 返乡潮中的一朵雪花 |
| 032 | / | 赶早市 |
| 033 | / | 年味的诱惑 |
| 034 | / | 盼望团圆 |
| 035 | / | 除夕，换了种团圆场地 |
| 036 | / | 站在北方的雪地遥望南方 |
| 037 | / | 走进三月 |
| 038 | / | 走出冬天的春天 |
| 039 | / | 包裹 |
| 040 | / | 我与一场雪相遇在故乡 |
| 041 | / | 我乘高铁，路过父亲门前 |
| 043 | / | 走进田野 |
| 044 | / | 落叶归根 |

## 第二辑：遇见知音

047 / 这个冬天，我未觉得冷
048 / 一团火，点燃在桃园
049 / 我和舍米湖，有一张合影
050 / 途中
051 / 窗帘
052 / 雨后天晴
053 / 糖人
054 / 霜叶
055 / 我曾从一朵兰花身边走过
056 / 最美的遇见
057 / 聚会
058 / 挡不住涌来的温暖
059 / 爱的造型
060 / 风筝飞了
061 / 你一直在我身边
062 / 心底的丰碑

| | | |
|---|---|---|
| 063 | / | 追求 |
| 064 | / | 上班途中 |
| 065 | / | 一场盛会 |
| 066 | / | 捡诗 |
| 068 | / | 心被拴牢 |
| 069 | / | 相约 |
| 070 | / | 对着背影默念 |
| 071 | / | 化身 |
| 072 | / | 愿你健康 |
| 073 | / | 醒着的梦 |
| 074 | / | 放下就是快乐 |
| 075 | / | 相见是"入",分别是"北" |
| 076 | / | 一段视频 |
| 077 | / | 犹豫(组诗) |
| 080 | / | 抓不住流逝的云 |
| 082 | / | 失眠赶来 |
| 083 | / | 走自己的路 |
| 084 | / | 温度在降 |

| 086 | / | 一月，走进张家界 |
| 087 | / | 梦一般的雾 |
| 088 | / | 多年后 |
| 089 | / | 只为能看你一眼 |
| 090 | / | 冬天的晚上 |
| 091 | / | 雪来时，我想去见你 |
| 092 | / | 摇晃 |
| 093 | / | 不在乎结果 |
| 094 | / | 窗里窗外 |
| 095 | / | 又一次相见 |
| 096 | / | 梦中的思念 |
| 097 | / | 告白 |
| 098 | / | 今生与来世 |
| 099 | / | 晚霞，企图拴住落日 |
| 100 | / | 雨中赴约 |
| 101 | / | 五十年心愿 |
| 102 | / | 垂钓黄昏 |

### 第三辑：遇见亲情

| | | |
|---|---|---|
| 105 | / | 虚构 |
| 107 | / | 生日 |
| 109 | / | 湖边，有人伫立 |
| 110 | / | 我不知道自己在哪 |
| 111 | / | 又一次告别 |
| 112 | / | 转身 |
| 113 | / | 我们没有距离 |
| 114 | / | 盼望相见 |
| 115 | / | 心情 |
| 116 | / | 残留的雪 |
| 117 | / | 把泪水攒在这一天 |
| 118 | / | 余生 |
| 119 | / | 天空在变化 |
| 120 | / | 和孤城去草原 |
| 121 | / | 说起女儿 |
| 122 | / | 2月14日这一天 |

| | | |
|---|---|---|
| 123 | / | 清明，在母亲屋前 |
| 124 | / | 心相连 |
| 125 | / | 叫声妈妈，我还没长大 |
| 126 | / | 寻声 |
| 127 | / | 生死规律 |
| 128 | / | 付出 |
| 129 | / | 相对 |
| 130 | / | 变化 |
| 131 | / | 风格 |
| 132 | / | 彼此惦记 |
| 133 | / | 友情、爱情、亲情 |
| 134 | / | 婚礼有感 |
| 135 | / | 谁也不想提起缺席婚宴的人 |
| 136 | / | 百年老树 |
| 137 | / | 静思 |
| 138 | / | 暮年 |
| 139 | / | 最美的黄昏总是与落日相拥 |
| 140 | / | 闷雷 |

141 / 心如云

142 / 走上梧桐大道

143 / 出嫁

144 / 心被拴牢

145 / 走失的情感

146 / 短诗一束

148 / 替身

150 / 心底的呼唤

151 / 春天打开一扇窗

152 / 我是陀螺

## 第四辑：遇见美好

155 / 烟花三月

156 / 骑着落日追赶太阳

158 / 遇见六月

159 / 八月的色彩

160 / 衰亡

| | | |
|---|---|---|
| 161 | / | 篝火 |
| 162 | / | 松果菊 |
| 163 | / | 八月的傍晚 |
| 164 | / | 假龙头花 |
| 165 | / | 丰收后的遐思 |
| 166 | / | 蚊子 |
| 167 | / | 将军,从这里走出 |
| 169 | / | 春风,又一次吹响号角 |
| 171 | / | 翱翔在蓝天下的海燕 |
| 173 | / | 走在强国梦的路上 |
| 175 | / | 摘星人归来 |
| 176 | / | 我与风雨赛跑 |
| 177 | / | 走进黑夜 |
| 178 | / | 深夜,与电脑对话 |
| 180 | / | 雪后 |
| 182 | / | 收获前夕 |
| 183 | / | 冷冷的黑夜 |
| 185 | / | 立冬 |

| | | |
|---|---|---|
| 186 | / | 又一次来到小树林 |
| 187 | / | 走进夜生活 |
| 188 | / | 越过冬天 |
| 189 | / | 小雪 |
| 190 | / | 春天的小草 |
| 191 | / | 拉长的影子 |
| 192 | / | 雪后的窗外 |
| 193 | / | 石头的前世记忆 |
| 194 | / | 雪后，一些事物改变了形状 |
| 195 | / | 雪走了后 |
| 196 | / | 等待早晨 |
| 197 | / | 与一场雪邂逅 |
| 199 | / | 生活的密码 |
| 200 | / | 种子的力量 |
| 202 | / | 那年，我68岁 |
| 204 | / | 一枚红叶 |
| 205 | / | 雪花来得有点早 |
| 206 | / | 我比风强 |

| | | |
|---|---|---|
| 207 | / | 黄昏走过草原 |
| 208 | / | 走出冬天的草原 |
| 209 | / | 雪，留伴最后一个黄昏 |
| 210 | / | 小河的希望 |
| 211 | / | 雪后的凌晨 |
| 212 | / | 小河失忆 |
| 213 | / | 又到立春时 |
| 214 | / | 雪 |
| 215 | / | 苏　醒 |
| 216 | / | 这些酒 |
| 217 | / | 抵达春天 |
| 218 | / | 篮球场上 |
| 219 | / | 三月雪 |
| 220 | / | 重新开始 |
| 221 | / | 寂静的沙滩 |
| 222 | / | 春天，走进街边公园 |
| 223 | / | 轮回 |
| 224 | / | 白鹤与乌鸦 |

| | | |
|---|---|---|
| 225 | / | 遥想 |
| 226 | / | 遇见喜事 |
| 227 | / | 春天，温柔得如花瓣 |
| 228 | / | 我路过银行门口 |
| 229 | / | 画春 |
| 230 | / | 春意盎然 |
| 231 | / | 春天，藏不住自己 |
| 232 | / | 三月抵达 |
| 233 | / | 六月的植物彰显生命 |
| 235 | / | 小草 |
| | | |
| 237 | / | 思想的灵性在诗歌场域中绽放　（刘刈） |
| 245 | / | 后　记 |

# 第一辑：遇见故乡

## 感恩故乡

一滴雨,穿透土壤
救活一棵树
一粒米,走出田野
喂养我长大
父亲的汗水,像阳光,像雨露

小树成林,长成参天大树
我也在父亲的汗水里
走出童年、少年
一如盘旋在
故乡的鹰。鹰也懂得感恩

是这方水土,让它翅膀变硬
跨出城市、走出校门
返乡,回报养育我的山村
我
属于故乡的山山水水

## 重踏故乡路

蓝天,仿佛倒空了
自己的所有。只剩蓝
蓝得深不见底
我见惯了蓝天下有白云

风,躲在山后。一只雁
像指路牌,指引我
飞向故乡。一棵树
以贫穷的姿势,静静地站在
山坡。我的脚步
踩痛了坑坑洼洼的黄土圪垯

迈出校门,走失城市的喧嚣
去认领山村的寂静
我踏上
寻找延伸的故乡小路

## 秋收后

田野越码越高,天空矮了一截
爷爷把庄稼一担一担地
挑回粮仓。我像根扁担
学着爷爷的模样
一头挑起田野
一头挑起村庄

狗狗也没闲着,跟在我身旁
摇着尾巴,前后奔忙
夕阳悬浮在黄昏,拉长了
爷爷和乡亲的身影
脚印,咬住田埂
喜悦,压低了肩膀

炊烟袅袅。晒谷场在月光下
捧出桌椅。爷爷捋一把胡子
端起的是酒杯
喷出的是酒香
仿佛春耕夏种的汗水
甩进了送粮的车队

## 小巷记忆

我侧身让过匆匆赶来的月光
让影子追着月光的影子
小巷里
儿时追逐、嬉戏
笑声回荡耳畔。我定格瞬间
摸摸如霜的岁月，自嘲地
笑笑
——她也该和我一样

小巷深处，庭院紧锁
转身
半个世纪过去
唯有这扇双开木门和门内甩着
羊角辫的"小公主"
依旧刻在我记忆的深处
只是它
容颜剥蚀，宛如今天的我

## 雨天，我撑起一块天

雨天，我为自己撑起了一块天
小时候，父亲也为我撑过
他一边叨叨：这天
像漏了。一边牵着我手

父亲老了，想去看望他的父亲
坟前，我也为他撑过
我一边安慰父亲：小心地滑
一边搀扶着细雨中的父亲

我撑起的这块天空下
父亲已远去多年
儿子也渐渐
长大，像鸟儿飞出了窠

我挺拔的身子
一如被雪压弯的柳枝
佝偻着
孤独地为自己，撑起这块天

一滴雨
从岁月的缝隙中掉落

## 闯荡

这条路很窄。我一落脚
必然踩痛几根小草
闯荡中的我,还得往前走
离城市的边缘
越走越近,离家却越走越远

蓝天浩瀚。一朵云纠缠风
在移动中寻找归途
张扬的影子,飘流在低调的
水面,宛如闯荡的
打工者,烙满时间的吻痕

闯荡像寂寞,找不到春天
雪,飘过来时
红梅正在燃烧
心,一如树梢上的冰凌花
照亮了脚下一条路

## 去乡下(组诗)

**去乡下,找找故乡的春天**

走出夹缝般的楼宇
站在天高地阔的乡间田野
仿佛站进天然氧吧
深呼吸,享受洗肺的快乐
我把自己定格在
湛蓝的天空下。神清气爽

一朵云,从自己身上抠出一点黑
这,并不影响它白的形象
河边柳芽,缀满
祖母绿,从旧枝上蹦出新芽
村前那座石拱桥
依旧牵着桃花,骑在小河背上

村边上空,飞着一只风筝
放风筝的是位
四岁的男孩

像极了童年的我
我笑笑
摸摸自己如霜的白发

**去乡下，找找儿时的美味**

城市的口味，裹满大棚的味道
我要逃离城市
去乡下，找找儿时的美味

进城五十年，忘不掉家乡的口味
小河喂养了鱼、虾
鱼、虾喂养了我的童年
赤脚踩进田间，捡起一只只
田螺，掏出隐藏
在洞中的黄鳝，又是一顿美餐

母亲起早摸晚，照料一批家禽
腌鸭蛋、蒸鸡蛋羹是我的爱

老母鸡汤的香味
更是馋得我,像猫闻到了鱼腥
父亲拎一瓶老酒,打开
满屋酒香
糯米饭蒸咸肉的味道
还在梦里飘

**去乡下,找找童年的伙伴**

或许是老了,突然好想回到乡下
路,不再是儿时放牛的
田埂。骑在牛背上,我像位将军
得意地指着黑蛋:你的,带路
一片黄澄澄、金灿灿的稻田
从眼前蒸发。老屋的地基上
齐刷刷地
站出一幢幢陌生的楼房

穿过村前的那条大河,瘦了

失去童年赤身泼水的打闹
桃林也不知去向
桃花树下，我对云儿说：这桃花
就像你脸蛋
云儿总是害羞地低下头，不语
——该去哪寻找
儿时的伙伴？我仿佛走进异乡

## 返乡潮

腊八节一过,春节临近
返乡潮,如大江奔腾
故乡,离每位
客居他乡的游子
越来越近

月亮依旧鸟瞰我
鸟瞰故乡,鸟瞰我的思念
太阳站在头顶
告诉亲人
游子返乡的迫切心情

高铁如闪电,也难以满足我
车窗外
雪花越飞越远
故乡离我
又近了一千三百公里

我仿佛闻到

家乡老母鸡汤的味道
我仿佛听到，大黑猪在悲嚎
离家前，它还是幼崽
儿子，也该会叫"爸爸"了

## 这个黄昏

这个黄昏,路上仍然像桑拿房
蒸发出一股股热浪
行人,夏装湿透

这个黄昏,适合去河边或田野
空旷的风,如空调
时不时吹过,送来阵阵凉爽

有人在黄昏中追赶,最后一缕
晚霞。高速动车已飞入遥远
家乡,越来越近

戎装五年,边疆哨所
抬头望月
寄一片思乡情,完成戍边
揣着思念
心已与她,坐在村前河边

## 平等走起

窗外,哀乐声奏起
又一缕魂魄,正走向归宿
是平凡还是伟大
同一条路上飘着不同的灵魂
通往天堂的路,走着平等

雁过留声,人过留名
归去
像蜡烛燃尽最后一滴泪
谁也无法知道
身后的事,只能丢给后人

一缕青烟。世上,后人总是
接力前人,自然规律
谁也无法抗拒。我正在
用力
画一个句号,坦然走着人生

## 夜归人未归

黑夜,吞噬了鸟鸣
却救活了狗吠
夜归人,把一肚子污物
喷到电线杆的脚下
一只流浪狗,像个醉汉
躺在夜归人身边

夜归人,靠着电线杆睡了
空气中弥漫着辛辣味
没有"葡萄美酒夜光杯"
没有"朱门酒肉臭"
只有呼噜声
一如叫夜的猫声

## 桂花暗香进中秋

桂花走近眼前。恰逢中秋
吴刚捧出美酒
玉液芳香
淌进
千家万户,大街小巷

忙碌的旅程,催动脚步
不用导航,也能在同一时间
抵达同一地点。欢乐与幸福交融
烦恼丢到天边
月亮露出最圆的笑脸

推杯换盏,分别、相逢
乡情、友情、亲情
交流成桂花芬芳,醉了
一地月光。甜蜜
一年回来一次,酿造出团圆梦

## 城市夜

车一辆接一辆
把宽阔的马路挤成一条
缝隙
城市的生活,一部分从街头
渐渐转移到地下

霓虹灯依旧高高地
站在空中
与星星对接,像一对对恋人
在月光下开派对
掀起夜生活的盖头

嫦娥舞袖
寂寞,从广寒宫消失
人间飘出阵阵酒香
一缕缕细梦
被夜色悄悄放飞

## 路边的邮筒

曾经的你,每天受人青睐
每个巷口、每个路口、街道边
涌向你。思念、祝福、问候……
一封封书信,填满胸膛
邮筒,变成一只只鸿雁
把每个人的愿望
精准地捎向四面八方

如今,像秋天田野里一棵凋零的
枯树,依旧矗在自己的位置
楼层拔高,你矮了
人流如水
来回盘旋,却没人停留
你的存在
犹如"王谢堂前燕"。一阵风刮过来

像是有人踢了你一脚
你趔趄下,又站稳
犹如我的今天
呈现出一副沧桑的模样

### 香气飘进黑夜

黄昏退后一步,黑夜
就逼近一步
三轮车,冒出的缕缕香气
飞进
大街小巷。风从山头上退下

落在树梢,叶子被惊醒
相互推搡,发出"簌簌"声
像打击乐,敲破夜的宁静
梦
从黑漆漆的窗口飘出

月光给黑夜,抹了层如水的白
路灯
从黑暗中,抠出一块光明
有人——一边筹划
后半夜,一边积攒母亲的医药费

## 冲向另一个生存空间

挑起行囊,跨过长江
我死在十七岁的路上
山峦叠翠
红色杜鹃,如血,滴满一坡

头枕山,与头顶石头对视
与脚底小溪对话
大空浩瀚。我却困在
狭小的山沟,一绑三十四年

陪伴凄风苦雨,饱尝
人间酸甜苦辣
拖着半个世纪的伤痕
常把自己关进冷酷

终于,练硬了翅膀,打开
像铁桶般围困的山峰
挣脱沉重的绳索,如鸟
冲出笼子,飞向另一个生存空间

## 向往故乡（组诗）

**阳光穿透**

阳光在石头上叠了多少层
我不知道，但阳光
穿透一群石头，抵达一座山
穿透祖祖辈辈
生活过的地方。我见过

**高铁**

一声汽笛，拉出一列高铁
比箭射得还快
头刚钻进山洞，尾已不见
一条铁龙
游曳在油菜花盛开的田野

**失眠**

今夜，又将失眠。

是远方的人，
在心里
默默呼喊我的名字吗？

**朝一个方向**

一条河，没有风的推动
处于静止
我是流水
我走，小河跟着我走
至于走到什么地方
小河知道
当然，我也知道
我们彼此都不挑明
配合星星，移动月亮
朝一个远方，直奔向往

## 风铃声

山半腰
蹲着一座古老的寺庙
我喜欢宁静
却又偏偏爱听
挂在翘檐下风铃的碰撞声
800 年的寺庙
800 年的梅花雨

纤风抚摸,叮叮当当
像童年学校上课的铃音
又仿佛是山后
泉水叮咚
更像母亲在古镇呼喊
我的乳名
像是要把我,也喊成风铃

## 耄耋归乡

走出青藏高原，一路向东
长江，逼近我的家乡
变成扬子江。离家越近
扬子江喊出的乡音，越感亲切
或许，百万雄师
横渡长江的桨声、炮声
压住了大江
惊涛拍岸的呐喊声

离开西部，站上故乡的土地
我闻到，只有
故乡才有的味道
——春兰、夏荷、秋菊、冬梅
还有
牡丹、大蒜、生姜、年糕……
这些，从未离开过我的嗜好
我听懂
庭院里花与风的私语
就像我和格桑花

我能识别
云朵变化的心情
宛如我看懂西部的天空

门前那棵桂花树,栽下我的童年
如今,也该与我一样年纪
听说,小镇已改造成现代化的
商业广场
父母也搬迁到新区
我伫立江边,抬头仰望
高远的苍穹
满眼芦花,正漫天飞旋

## 梦留江南

在人群中，一眼看到你
仿佛翻越崇山
看到一只振翅的凤凰
从沟壑中腾起
飞向东方

怀揣一颗相思豆，栽到北方
北方有风吹过
心头有一丝凉意
南方的温暖
胜过北方的太阳

想起江南五月，就想起
蔷薇花的微笑
信息不停地飞旋。如梦
总在传递
彼此升温的情感

## 雪花依旧留恋故乡

雪花在头顶飞旋,眼前飘落
都是来自一个方向
——故乡
那年,我想背着它们
集体迁徙
半途,它们放不下家

我只身流落异乡,一年又一年
从时间中流失
游子的心中依旧装着
老槐树上的冰凌
细长、透明,如水晶耳坠

小镇死了。死在铲车、推土机的
轰隆声中。旧土地上又冒出
新芽。高大的老槐树
站在楼宇间,如一位小矮人
只有新雪
年复一年地探望那片旧土地

## 返乡潮中的一朵雪花

雪,轻盈的身体
重重地砸在树梢
覆盖住小河,跌落山顶
村庄,被雪紧紧围困
变成一座孤岛
高铁从南出发,射向北方

三年前,雪花送我离开村庄
客居他乡,只能抬头望望明月
把思念融进月光
——父母身体可否安康
女儿该上小学
我的额头,划了个"川"字

她的面容,也该添上几分沧桑
站在村口。不再是村庄
我有些迷惘
只有老槐树坚定地杵在原地
正如她所说
——小村庄换了人模样

## 赶早市

夜晚模糊,需要打开月光
才能看清坑坑洼洼
虫儿们蛰伏
有几只并不安分
爬来爬去
时间在稳定的运行中
被它们颠来倒去

我也像只不安分的虫儿
脚步,吵闹了宁静
惊醒黎明
一缕霞光
泼洒在东方天际
须臾间
犹如打开一幅七彩油画

## 年味的诱惑

瑞雪还没完全融化，踉跄的
脚印已踩进新时光序列
——办年货、订年饭、购鞭炮
一副副大红对联，如红色
狂飙，把365天的
欢乐与未来，贴进了新春

虎，啸归山林；龙，腾空而来
红灯笼——挂在门楣
挂在树梢、挂在路边
孩子们，走街串巷，欢蹦乱跳
小伙子，为筹办婚礼奔忙
父母年迈，时不时走向车站

翘首以盼。返乡人流
如钱塘江大潮
离乡儿女奔涌在归途
雄鹰展翅，长龙如箭
也挡不住
家乡年味，磁铁般的诱惑

## 盼望团圆

出城的车辆在增多
如涨潮
进城的车辆在减少
如退潮
每当春节来临
打工的过客
离城市越来越远
返城的人,越走越近

故乡的年味
像根红丝线,牵着游子手
拽往身边。团圆
是每位离乡人的向往

谁家父母
不在翘首盼望
乡味、亲情
远胜于囊中羞涩
亲人团聚
才是最大的财富

## 除夕,换了种团圆场地

除夕。走进酒店大厅
扑面而来的
是现代生活气息
习惯了
享受城市生活味道
再也听不到母亲
锅铲碰撞铁锅的
炒菜声音
也闻不到吊罐里煨出的香味

大圆桌替换了四方桌
皮椅子替换了长条凳
大海替换了小河
四季大棚
替换了屋后菜园
大圆桌旁坐着自己的
小家庭。四方桌上的团圆
离我越来越远
父母,成为岁月留守故乡的人

## 站在北方的雪地遥望南方

雪,像面粉,一场接一场地
撒下。我的心,不断地
升温。归途,给冷酷铺盖了
冰冻。对着刺骨的寒气
喊一声站在江边的
故乡,嗓音里已失去乡音

满地洁白,来来往往的车辆
碾出两条黑道,抵达遥远
我静静地站在雪地
试图与雪交换下身份
忘了身处何地
忘了身抱什么季节

心里,只想着你。想着你
背着孩子奔走在半途
南方的雪
像北方的雪一样凶猛吗
路滑如镜
担心坑坑洼洼的小道结冰

## 走进三月

时间，把日子捏得很紧
红梅还未完全
褪去笑脸
一只蝴蝶，扇动双翅
扇出
一片金黄色的田野

一条小河，对话一座大山
树木倒立，晃动河水
河水悄悄溜过
没有带走树木，没有搬动
村庄
村庄挽留住阳光

田野里。老牛迈开踏实的步子
一步一个脚印
踩开春耕图
我站在田埂，和耕田人
一起
盘算着春耕后的秋收

## 走出冬天的春天

顺着春天指引的方向
寻找一条河
还有,与小河相依为命的
桃树林。踩着轻松的路
脚下抬起沉重
能走出这个冬天,我已成为奇迹

人住进城市,心却惦记
翻动、喂养的山坡
那里,种着命根子
退役金,全部变成一棵棵桃树
村长说:
支书,你放心治病

——全村人,几百颗心
全系在心头,悬挂在病中
看到满岭桃花,盛开笑脸
冬天像遇见七月的阳光
我的脸上
也绽放出桃花般的春天

## 包 裹

有人敲门,声音不大。
是快递小哥,
递过来一只包裹。

剪断外包装绳,打开内包装。
我惊呆了,
激动得说不出话——

竟然如此心灵手巧。
我不得不
佩服你的另种技能!

这幅掐丝珐琅画——松鹤延年,
画面像玻璃,闪烁金光,
光芒里,分明沾满了你的心血!

是挂在墙上,还是收藏?
这份来自远方的礼物,放进心底吧!

## 我与一场雪相遇在故乡

风,走走停停
雪,一朵接一朵地
掉落,又一层叠加一层
覆盖人间
隐藏着
不为人知的零碎事

我踩出前脚印,雪
盖住我后脚印
深深浅浅,划出一串
省略号,只有我如墨的身影
在雪地里摇晃
在故乡
相遇今冬最后一场雪
绝非偶然

## 我乘高铁,路过父亲门前

穿透车窗玻璃,我仿佛看到
长眠在故乡的父亲
翘首高铁,来来往往
猜不到,哪趟列车
哪节车厢,载着自己亲人

那年,一支队伍开进村庄
我生怕惊扰了父亲
仔细打听,高铁只走桥梁
我告慰父亲
他的新家,依旧落在村旁

油菜花晃出耀眼的黄
像一波一波的浪
高铁踩着浪花,箭一般地
射向远方
父亲,守着一个神话与传说

我随高铁,东奔西忙

只能在清明，寄托哀思
如今，早已年逾古稀
父子
相隔阴阳，终有团聚的日子

## 走进田野

看着盛开的小花
站满山坡
风来时,它们欢呼雀跃
仿佛在告诉我:
欢迎你
带着城里的春天来到故乡

田间,耕者扶犁
不时吼一声,扬起鞭子
一如我远去的父亲
老牛一声不吭,踩着稳健的步伐
一步一个
脚印,翻起金黄色的涟漪

岁月变迁。一些人进了城
比如我。一些人留在原地
像那位耕者。我们应该年龄相仿
各自早已习惯了,各自的生活
岁月
总是给人以不同的梦境

## 落叶归根

我捡起一枚时间的记号
心底,飞不出一只鸟
蓝天浩瀚
白云
变成回忆的路标

一条弯弯曲曲,像麻绳一样的
小道,牵着被月亮拉长的
身影
桥头道别的约定,竟然
把岁月,煮成半个世纪的煎熬

风雨摇曳古稀的落叶
带着遥远奔跑
雪花,像我的夙愿
安静地落户
家乡门前的那座小桥

# 第二辑：遇见知音

## 这个冬天，我未觉得冷

这个冬天，和去年冬天一样
有风如刺，有雨如针
也有雪
零下是正常现象
偶尔有人走过
把自己裹得像只陀螺

季节刮过大雪。雪越卷越大
车辆越行越少
间或，有人趴下，丈量雪的厚度
孩子们吐出热气腾腾
一个个雪人
在涨红的小手下，渐渐完美

我不敢东张西望
背着行囊，小心按下每个脚印
脚下踩出"咔嚓、咔嚓"的
疼痛。我不觉得冷
远方，她把
南方的温暖输进了我的心

## 一团火,点燃在桃园

扒开枝条,一个熟悉的背影
像一团红色的火焰
透过疏影横斜
点燃在桃园

她不回头,自顾自地穿行
时不时摸摸这棵桃树
停下。望望那朵桃花
我能辨别出她的身影

桃树下,她驻足伫立
月亮见证过一对身影
他们久久对望
内心却翻滚着离别的不舍

## 我和舍米湖，有一张合影

舍米湖，我匆匆和你
站在一起
借助朋友之手
留下了一张合影
枯燥的心灵，像采摘了阳光
亮起
酉水一样清澈的眼神

是一种土家族传统文化
是来凤杨梅节
是摆手舞
还有金丝楠木群
它们，一个个钻进采风队列
你也是。现在
多像我们保留的这份友情

## 途中

吐出的每句解说词
如珠玑
又像一根线,牵引游客
不知不觉翻过一道岭
得益于
土家族女孩的介绍

我年过古稀,却未感觉
倦与累
在抵达杨梅古寨的途中
尝到了土家族
摔碗酒的甘甜
更是领略了土家人的热情

## 窗 帘

挡住了白,却放进了黑
我不打开灯,光明
就会永远阻止在窗外
我的房间像黑洞
夜晚开放得绚丽多彩
就会剥夺我的欣赏

我看不到太阳走在空中
听到鸟语,却见不到
它飞翔的身姿
可以想象车水马龙的街道
那个熟悉的背影
越移越远。陌生的心,越走越近

### 雨后天晴

你拎起婚纱
向我奔跑过来
我无法拒绝你的拥抱

再不见你
婚礼上
或许多出两行热泪

你离开我
才会走进团圆
只要你幸福
我就没有痛苦

晴天过去
是阴天
雨后
天气更加灿烂

## 糖人

捏糖人的师傅,在不经意间
魔术般地
变出了各种糖人的造型

尤其是手握金箍棒的孙悟空
手舞青龙偃月刀的关公
馋得孩子们口水直流
像个磁场
吸引着孩子们的目光

捏糖人的师傅,依旧在捏
自己的手艺。那些糖人
栩栩如生地站在那
风吹过,它稍微晃动下
仿佛在等
有钱的孩子来赎身

## 霜叶

多年后,我想对你说——
那片掉落的霜叶
多像你
红红的、害羞的脸庞
静静地平躺树下

我捡起它
吻它、珍藏它
等待春天
还给它绿色
宛如还给你青春

## 我曾从一朵兰花身边走过

我曾从
一朵兰花身边走过
淡雅的芳馨
沁入肺腑
我多想久久停留在
那朵
不属于我的花朵

若干年后
我又经过那个路边
再想闻闻曾经的兰花味
小道已被改造
车来车往
宽敞的柏油路
已吞噬了旧时的村庄

### 最美的遇见

不想错过你。过去错过太多
留下了这份孤独
半途邂逅
我揿下了手机快门
于是,手机卡上
多了位土家族女孩
胆量,缘于过去遇见的丢失
或许
丢失的并不是真正的遇见

两天采风,我捡拾了很多传说
唯独你讲述的土家文化
像烙印,刻进我记忆
一个个汉字,如一只蝴蝶
在不安分地跳动
从指尖上飞跃
武夷山距离燕山遥远
视频
拉近了两颗陌生的心

## 聚 会

有几只鸟从东边飞来,有几只鸟
从西边飞来
它们站上同一棵树
相互点头致意
宛如老乡聚会,不用有人刻意
介绍,须臾间
打开话匣,宛如老友,叽叽喳喳

仿佛在交流人间的见闻
我经过树下
假装没看见它们
怕惊扰它们
雅兴。其实
我也去
赶赴一场朋友聚会

## 挡不住涌来的温暖

眼看就要熬过十一月,
嘴边,仿佛还留有余香。
十二月,
雪花会不会飘下来?
我能扛住严寒,
却挡不住地标的向往,
像钱塘江大潮般奔来的汹涌。

酉水在呼喊我,
卯洞在等待我,
仙佛寺在翘盼我,
杨梅古寨,
用她最美的一面吸引我。

我感觉高铁慢,只有飞机,
才是我选择出行的理想工具。
出口处,一位土家族女孩,
目光搜索着每位来客。
可惜,
我和她并不认识

## 爱的造型

雕刻一个造型,需要
千刀万刀地细琢
毁去一个造型
只需随手,不经意地一划

一份珍藏五年的情书
两只手前后一扯
风就会收拾破碎的爱
什么月下对着星星发誓
什么拉钩盖章
只不过是一场游戏

骨子里缺失热情
爱,只能是严寒
只能是烟云、雾气
梦醒时分
生活又回到了原点

### 风筝飞了

松开攥紧的手,是为了
放开
让鸟儿飞出笼

天空多么辽阔
一只断了线的风筝
越飞越高越远

我站在草地上,眼望苍穹
默默祝愿
从此,折磨一直萦绕心头

## 你一直在我身边

雪花从天而降。降在
我的窗外，可你却没来
这个冬天
我时不时望望窗外的天空
想着远方的你
梅花开了
像蜡烛点燃在天空

你没来。夜深时
我在梦中见到了你
梦醒时
你丢给我一个背影
你一直在我身边。我也一直
在你身边
我的灵魂，正烫着你的足印

## 心底的丰碑

我透过武陵山脉看到你
静静地坐在清江河畔
目光
像一潭泉水——明净

云望着你,猜不出你
此时的心,安放在哪里
我知道,你的心
比云飞得高,飞得远

我握不住你的手
隔着数重山
只能把你的名字
——龙凤,刻在心头
如
一座丰碑,永久竖立

## 追 求

捎上一颗佛光寺杨梅
如同捎上一瓶陈酿
亮相在清澈的
绿水河。面对风景如画的
武陵山脉
心却在山的那边

昨天，天空掉下小雨
打湿了佛光寺
也打湿了每个角落
我一脚，滑过四个台阶
右胳膊肘
烙上了一颗红红的杨梅

无法够到杨梅树的高度
两只游船
划破绿水河宁静
慢慢靠拢。我仿佛看到你
正在
那只船上向我频频招手

## 上班途中

如涓涓细流，从各个角落
汇聚到公交站、地铁口
幻化成一条彩色的河流
这条河流
一会儿伸长，一会儿缩短
总也游不出城市尽头

雨驾着乌云，从远方飞奔而来
砸进大街小巷和每个路口
溅起
一朵朵彩色浪花。浪花
消逝的时候
愁也消失。梦掉落悬崖

雨在肆虐后
被云驮走
太阳还没露脸
河流涌起了湍急的潮
移植
在城市的笋，长势更旺

## 一场盛会

李白乘舟来了
苏轼也来了
这场盛会,怎么可以少了
这些诗仙?杜甫
堵车
正在赶来的路途

又一届迎春诗会
骚客们像骏马
从四面八方奔腾聚集
少不了放怀高歌,彰显
这场盛会
又是一次繁华空前

我当然没资格入场
只能踯躅江边
江风细语,千帆竞发
我仿佛看到屈原正站在船头
汨罗江卷起的
浪花,多像百姓淌下的泪水

## 捡 诗

是一片红叶给我递来一张请帖
是红螺书院题款邀约
欣赏深秋的枫叶
探索红螺寺里藏着多少秘密
我当然乐于此行

赋诗,是孤城、王夫刚、陈勇等
骚客们的强项。于我是短板
饮酒,我和王晓笛是解馋
饮酒赋诗
似乎成了举杯邀月人的专利

酒过三巡,张开的微醉中
如鞭炮,蹦出一粒粒佳句
风从门缝里挤进小院
窜来窜去
分明也想插进来吟一首

我只管赏秋、饮酒、捡诗

或是与一片月光私语
我找不到
班门弄斧的缝隙
谁人夺魁？当然与我无关

### 心被拴牢

你像根绳索,拴住我的心
如拴住一片落叶
我的心,无论
漂泊何方,都不会丢失

我们的时间是生物钟,确定
与你的生物钟对接
每天——我像你影子
你像我影子。把日子打发得
光鲜锃亮
把挂念、惦记定格在深水区

把一次拥抱、一次牵手
当作宝贝深藏在心底
终生呵护
有你,就有快乐与幸福
烦恼
犹如一块石头,越不过一座山

## 相约

睡在我旁边的村庄
沉淀着我儿时的印象
两条羊角辫,甩出一双大眼
透彻、明亮
她和她的村子,如村口
那座小桥一样贫瘠、凄凉

十年后,我走出师大校门
她在村里经商,声名
早已传遍十里八乡
——有事相商!一条信息
是一只梅花鹿
撞进我缺水的胸膛

一幢幢高楼,举着蓝天、白云
威武地站在昔日村中央
我找不到离乡的痕迹。那棵
大榕树像位老人,守护在路口
隐约中,我仿佛看到
她正躲在大榕树身后

### 对着背影默念

你的背影
再次盛开在我的视线
挪动每步,似乎都在丈量
我们友情的距离
感恩你
陪我一程,我念你一生

今年,是你本命年
穿过关山重重
我也想站在你身边
把事业与爱情,放上同一个
天平,称一称
我掂出了分量,没有落差

珍惜缘分,第一次邂逅
顺应天意,包裹好友情
我们都有一颗菩萨心
心有灵犀,时间可以见证
我已老去
岁月总是和你一样,那般年轻

## 化 身

一对白鹭,一前一后
悠闲地散步在水边
它们
脚步相映,身影追随
不离不弃
分明是恩爱的
化身
多像人间一对夫妇

## 愿你健康

该说的已经告诉你了——
如何把握月亮、太阳与自己
每个细胞的喂养
并非一朝一夕
贵在坚持
你
用什么样的习惯去调理日子
日子
当然会回馈给你，什么样的岁月

意想不到的百年
犹如原始森林中的一棵大树
生命
总是隐藏在每时每刻
把握四季
顺时运作五脏六腑
最美的黄昏
总是
隐藏着落日的最后辉煌

### 醒着的梦

电话铃声是一串音符
传来的声音
如一支歌
睡在我旁边的城市约我
心就要掉到地上
能否月下牵手,湖亭泛舟

五秒定乾坤。学抖音,摆一个
垂柳的姿势。让风轻拂
心已经掉到地上
拣不起,太沉、太重
还有燃烧的温度
骑上云。飞机速度太慢。

这个约会,盼了几千年
犹如屈原,渴望遇到
"山鬼"
滴滴、滴……闹钟铃声
又一次响起
打碎了,睁着眼睛的梦

## 放下就是快乐

放下过去,拾起明天的生活
把日子重新梳理一遍
昨天,你告诉我
——分别总是难免的

今天的阳光
与昨天一样热、一样亮
晚上的月光
依旧那么明,宛如银盘

美好与快乐
它们不会说话
总是延伸在
一往无前的脚下

## 相见是"入",分别是"北"

每次相见是干柴把自己拆开
然后用火焰来解
无需每个节日
像火把去点燃。我们也会
甜蜜晃荡如恋爱中的海

你一出高铁站,脚跟还没站稳
我急速地奔上前
把你拥入怀中
好像这个世界,只有两个人

时间挂在墙上,一秒一秒地移动
我们感觉它,跑得太快
真想让时间定格
犹如一幢高楼,静静地杵在原地

刚刚品尝了彼此酿造的美酒
还没回味,牵着的手
不得不分开。我们以"入"相见
分别,又走成个"北"

## 一段视频

接受这段短视频,是我一生中
最珍贵的礼物!
每个字、每句话,
都深深地震撼着我的心。
虽说是一份合同,
却是无法购买的一份深情。

跪在菩萨脚下
祈祷五十年,心愿也难成。
感恩 2023 年
有了人生中——最美遇见!
从此,我和
我的企业走进了另一个春天。

## 犹豫（组诗）

**犹豫**

有了你，像干涸的冬河流出
春水。蜂蜜般的甜蜜
总在心头萦绕
时不时吃一颗酸葡萄

我是一只船。你一只脚
分明踏在我的船上
可你又在
犹豫之间权衡、选择

**我不能没有你**

我可以离开这个世界
但不能离开你
失去你
生活就失去意义
就像一位植物人
生命就变成"死亡"

**无眠**

一个人站在长江边
望着月亮
沉淀在漂流的江水中
晃荡
心,仿佛要碾碎
我们
曾经雕刻的记忆

**我不想失去迟来的爱**

我不知道,爱有多深
天空高远,云能走向何方
我的青春
仿佛刚刚起步
一如春天的秧苗
等待秋天

等待你的收割
每个节日
都是一次心的破碎
时间
正在无情地
剥夺我爱的资格

## 抓不住流逝的云

心,像被又一次剜开
血在滴,已不知疼痛
往日的形影不离
如今却成为你的厌恶

你反感我为你所做的一切
甚至连你交代我
提示的事,我提示了
也会变成你的"小脾气"
你已不再珍惜
我们的缘分
更不需要,我的友情
或许
你会接受另一种陌生的关心

我说我要调整思路
把目光从一枝兰花旁边
逐渐移开,不自觉中
心还是想着你

你的身影
比那枝兰花更让我迷醉

这可怕的念头,假如
不彻底改变
我
不敢想象受伤的后果
为什么要
伸手,去抓空中流逝的云

## 失眠赶来

37.5 度还在继续纠缠我
不肯和感冒、咳嗽
同时撤退。失眠
犹如一位唠唠叨叨的老婆婆
坐在我凌晨的床边

我的大脑，失去任何承载
一片空白，像晴空万里
从黑暗中打开灯
光明充盈房间
适合我，写点失眠的感想

可我，只记得她
昨晚
没向我道声：晚安

### 走自己的路

她的左手，牵着我的右手
我刚从西藏抹上的
高原红，把她的
脸庞，映衬得更加白嫩
阳光，一爬上她额头
就消失得无影无踪

路人回头
投来疑惑、猜测、不解的目光
仿佛在看
一朵蔷薇从公园里突围

我们依然自顾自地手牵手
走自己的路
我侧身看她一眼
她也侧过身，对我投来微笑
拥挤、喧嚣的
大街上，似乎没有行人

## 温度在降

阳光,将热未热
越过懒洋洋的窗口坐进屋
我的梦被打碎一地——

我像蚂蚁,搬来一堆一堆木柴
你如火炬手,点燃
火越烧越旺
温度在不断攀升

有人也在搬柴,堆成小山
离我很远。你走近他
会意地点燃那堆火
火头很低
你望着我这边,火苗越蹿越高
于是,你端来
一盆水
使劲朝我的火堆泼去

一滴水,掉在我脸上

惊醒,你站在我床前

眼里有泪光

看到我醒来,你转身离去

## 一月,走进张家界

高铁,不理解我的心情
别人夸你飞快
我却埋怨你太慢——
钻山洞,跨天桥,越田野
与我迫切
想见你的心情不吻合

风在一月,比我夏天穿得少
清江,昨日还
一动不动地躺平,也不说话
此时,像来自远处的
箫声
哼着小调,悄悄溜过天门洞

我俩肩并肩,站在洞口
月光,正翻动着自己的倒影

## 梦一般的雾

雾,从远处飞来
我的眼前
有山、有水、有村庄
路——牵着过去、现在和未来

梦一般的雾
雾一般的梦
恍惚中,我看到你从桥头走来
仙女样的身影
如一根红线
把我的眼球拽到了千里之外

思念在延续
像云在空中漂泊。云
见到的地方
早已在我心里隐藏
阳光穿过迷雾
山色空蒙,湖水清澈
桃花红、梨花白、海棠含笑
满目,春色盛开

## 多年后

白云
你今天去南方吗
代我向她问声
好
水在流
情难断
三载相伴
刻进骨子里的爱——瘦了
花儿
依旧在四季盛开
我在孤独中
——唯有遥寄思念与祝福

## 只为能看你一眼

我紧跟你身后,虔诚地
走上百佛寺的山道
迈进摩岩石窟
听你讲述那遥远的传说

观世音菩萨露出微笑
——这一老一少
终于走到一起,顺应天意
假如我见不到你

就去百佛寺的半途
远远地
偷偷地看你背影
消失在寺院。随后

我一个人去后山,晒晒太阳
窥你午餐、午睡
蓝天下的白云
请捎去我的问候,我将启程
或许去远方修行
去百佛寺,只为能看你一眼

## 冬天的晚上
### ——写给远方的你

按下电热毯开关
钻进被窝
像躺进春天
捂紧有厚度的被子
把冬天
拒绝在窗外

我找不到你,隐藏的脑袋
但我能感受到
你的呼吸
我仿佛听到
你的心
在剧烈地跳动

彼此的思念
在继续流动
我的梦
掉在南方湿冷的冬夜
你的梦
是否已飞向有雪的北方

## 雪来时,我想去见你

雪,搭建了一间间屋
也构思了一棵棵树
人间的凹凸,都被雪熨得
格外平整。没有新雪
我走旧雪为我铺设的路

雪在远方时,风是黑色的帷幔
雪来时,风变成白色的布条
我原本敞开外套
此刻,不得不裹紧身子
拢起双手,与风为伍

你说,我冷冻得
像梅花
大雪飘来时,才会绽开笑脸
我迫切想见
你的心,像长江决堤的洪水

## 摇 晃

河水在摇晃,晃出一层一层
涟漪,像秋千荡开
它们的摇晃,都没声音
风吹来

草儿们原本站着不动
像被人推了一把
不自觉地摇晃。我
两眼盯着那摇晃的频率

双眼被雨打湿。无法清楚地
看到,你在我面前摇晃
白昼见不到
黑夜,梦中去寻找你身影

某天,你突然站在我面前
如瑶池飞落的仙女
这情景已足够让我
感动!我,宛如一座山在摇晃

## 不在乎结果

不想留下一辈子遗憾，更不想
错过你。寻找半个
世纪，是缘分，也是天意。
明知结果是无解方程，
只能享受过程。
珍惜彼此相处、相约、相守的
每个日子。
或许是一辈子磨难。

一次分别或是一次相会，
只渴望厮守一个白昼。
梦中，两个灵魂无数次碰撞，
回忆香甜。欢乐，融化了忧愁。
经历煎熬、思念、惦记……
也有过欢快、甜蜜、愉悦……
秋风送爽，
寒冷就会降临。
冬天，
疯狂地去点燃夏日的激情

## 窗里窗外

一盏灯
像镰刀,收割了夜
我坐在夜的肩头
拣起动词,码进白纸

窗外
月亮挂在半空,给
看星星的
一对恋人,免费赠送月光

## 又一次相见

奔走五千里,只为
见你一面
不是迷恋你笑靥
是友情,把我们
连在一起
今天有暴雨,风也不示弱

穿越秦岭,跨过渭河
抵达一片空旷平原
两列高铁
一前一后,驶进同一座车站
宛如我俩,身处异地
却同时,梦见同一个地方

一大一小,两只手紧握
彼此不说一句话
微笑地对望
心里却翻江倒海
又一次相见
阳光像一把伞,罩在头顶

## 梦中的思念

你像一条浴巾
擦了我前身,又擦我后背
一股股暖流,淌过心底
春风荡漾,春雨绵绵
整个身子
仿佛泡进温泉

昨夜的梦
变成袅袅炊烟
我对你的思念
如饥似渴
只能安放在北方的梦中

南飞雁
驮不动沉甸甸的期望
只有你的心
才能承载
滚滚长江东逝水

## 告 白

只有你，可以剜我的心
割我的肉。我注射过
麻药。疼痛
——于我而言，不存在！

曾经，你用一根细针
扎进我的毛孔
娴熟地捻压进皮肤深层
针灸后
救治了我孤独与空虚

有过欢歌与笑语
足够享用
贪心，只会被太阳熔化
得到你给予的爱
犹如枯萎的庄稼接受了雨露

## 今生与来世

今生迟到,宛如毁约。
让另一个人,
苦苦等待半个世纪。
约定来世,
铁定准时!还菩萨心愿。

翻过一页,下一秒,
各奔前程,
像两个擦肩而过的
路人,
又如错过生长季节的植物。

未来,
属于今世约定。
牵过的手,又分开。
牙缝紧闭,
始终未把三个字放出口!

## 晚霞，企图拴住落日

树木，站成纵队，一排挤一排
像接受检阅的士兵
欢送落日离去
晚霞，依依不舍，抛出一条条
彩带，企图
拴住落日，使劲拉向岸边

长江，在这里转个弯
还没回头
我已被留下。五十年后
遇见，是心诚的寻找
任谁
也难以割舍。放下你是我的错

青龙山举着一束玫瑰
我在猜想：它向谁
示爱？与我无关的事
我不去打破砂锅。告别你
踏上了
北去的列车，带着依依不舍

## 雨中赴约

雨,不停地擦拭
奔跑的水
乌云翻滚
宛如神话中的妖魔
赶走了
唯一的一丝光芒
驮着黑夜
我依旧
钻向黑夜的深处
灯泡如刚醒来的眼睛
只为在小屋
瞧见你,笑靥如花

## 五十年心愿

用五十年的成长,寻找
走遍山山水水
上天入地
终于不负我理想的心愿

上天眷顾,完成天意
在那个冬天
闪出一道红色电波
注定这辈子
机遇加缘分等于成全

我再也不会放手
让你离我而去,绞尽脑汁
找准切入口
大胆突破,实现一生的追求

## 垂钓黄昏

微风轻拂,小河
泛起鱼鳞般的波光
流水清澈
与两岸树木、花草、芦苇
互相致意

落日,企图钻入水底
垂钓者
稳坐如山,双目紧盯河面
等待鱼儿上钩
地铁驶来,穿过黄昏

车轮隆隆,碾过跨河大桥
吓跑了一只只觅食的
麻雀,也吓跑了刚上钩的
一条鱼
一群鱼,正在追赶一场晚宴

## 第三辑：遇见亲情

## 虚 构

虚构了一把伞,却
无法罩在你头顶
既然不能为你遮风挡雨
这把伞
就虚构得毫无意义

一个无法保护他爱的人,那么
有和没有就是一个样
爱情,成为虚构
如云如水
和时间开了个玩笑

人的一生,宛如木槿花朝开暮谢
有过轰轰烈烈,足够
秋天,我们不需要虚构
菊花与芙蓉。冬季
我们不需要虚构蜡梅与雪花

大自然真实地再现

四季轮回
世间那点虚伪就该摒弃
我们都要坚信——爱
一如攀登峭壁
必须勇往直前，身后是万丈深渊

## 生日

我在清水河边,对一条鱼说
——生日快乐!
鱼朝我摇摇尾巴
我懂
那是鱼在对我表示感谢

我把一束刚刚摘下的鲜花
轻轻递给流水
流水说:
它认识
和去年那朵玫瑰,长得一样

我来看你时
春天也来了
望着花儿们的容颜
恰似你
天真、烂漫的笑脸

如今,我已跨进耄耋之年

你依旧
还是那么年轻貌美
你说过,要我等你
我未去等你,却是你在迎我

## 湖边，有人伫立

鸟儿，在树梢上移动歌声
绿芽，如一粒粒翡翠
从枝头冒出
湖边阴暗处，暖阳正在吞吃
最后几朵残雪
涟漪拍打湖堤
远处的山岚
渐渐地，像披上了一层面纱

有人伫立湖边
似乎在追忆去年此时
那个被湖水留下的人
——他说
他是湿地芦苇
适合生长在湖边
一朵乌云
正在灰色天空翻卷黄昏

## 我不知道自己在哪

没人理我的夜，我自己就是
一个世界
可以趴在窗口，用一颗心
看窗外万家灯火
他们的幸福、快乐
与我
此时此刻的心情，格格不入

天空是黑色的
星星都落在地上，那么明亮
那么耀眼
一颗流星像支箭
从夜空倏地飞过。我是在天上
还是在人间
我没有勇气问远方的你——

## 又一次告别

你走了,我很失落
又一次告别
我像只孤雁,扇不动翅膀
天空辽阔
飘浮着一朵忧伤的云

昨夜,我牵着你手
一起欣赏城市迸射的灯火
今夜,城市的灯火
回来了
依旧重塑昨晚的辉煌

我变成路灯杆,孤单地杵在
过街天桥。桥下夜行人
来来往往。我却走失了
昨晚灌满蜜的
心情,也走失了一个人

## 转身

你的转身,是一个日子的转换
昨天,风夹着雨
给人寒冷。阳光从你前行的
第一步
刚落下,便驻进了我心里

我记不住你生气的样子
但我忘不掉
你牵着我手,走在旅途
我们共同雕刻过
二人世界

你每落下一步,都会掀起
一层浪
撞击我追随你的灵魂
我确信
你的身后有条船

## 我们没有距离

思念,像颗星星,总是躲在
遥远的昏暗。两颗心
像隔了层透明纸,贴得很近
每日动态,彼此都十分了解
你在诠释人生
我在商海奔波、打拼

冷不丁打开视频
天地辽阔,视频狭小
只装得下两人世界——
你,对我摆手微笑
我,盯着你乐
你是磁铁,我是铁钉!

思念与距离,消失在瞬间
我们并不陌生
你说,"我会在每个时辰
远隔山海与你相存"
我还是只会傻笑
相互惦记,犹如七月的阳光

## 盼望相见

辞别十一月,又去匆匆追赶
十二月
总是在忙忙碌碌中
把时间甩向身后

我们相约的日子近了
灵魂渴望得到一份奖赏
或许见面了
忘了举杯,把酒搁到一边

我们对视,心里在翻滚记忆
——分别后,彼此的思念
相约
世界顿时,变成两人世界

## 心情

梦,拴不住我的脚步
脚步叩醒了梦
高铁比飞机稍慢
比我开车快
送我
去车站的车还没返回住地
我早已过天津
按捺不住激动的心情

只为签订金陵合同
田野
从窗外向后撤退,我在向前
燕京距离金陵十分遥远
我们相约的时间
已经靠近
一纸合同稀薄
我的思绪却在加厚

## 残留的雪

在她转身的瞬间，落日
向下走了一步
我望不到她的背影
发呆
一如路边那朵蔫了的月季

月季开过，又飘落了几瓣
像我的心情
偶尔长出点喜悦，却又掉下
一丝淡淡的忧愁
相约三月，你指定那株月季

去年的脚印
已被一场雪洗濯
那朵在春风中点头的月季花
告诉我——
北方的雪，还未完全融化

## 把泪水攒在这一天

老天的眼泪,又扑簌簌地掉下
落在我脚前,像极我
把泪水攒在这一天
每年清明,老天的眼泪
总是早于我的泪水
小时候
父母带我去爷爷奶奶坟头
如今,我带女儿
去父母坟头,复制他们的模样

——跪下,一边大把焚烧冥币
一边默默呼喊。袅袅青烟
托起哀思。纸屑漫天飞
宛如父母正在
签收,这一年"生活费"
无论晴天或雨天
都要放一串鞭炮。父母被我
从远方喊来
我再送父母回到新家

## 余生

我就这样,默默地走来
又这样悄悄地离去
是巧合
还是天意
我好像完成了夙愿

我不再去计较
路的
坎坷、凹凸、坑洼
有一脚没一脚
小心踩着日子为我铺下的每条路

这辈子,仿佛心愿已了
用余生,镶个镜框
只为最后的告别时刻
派个用场
尔后,不必挂上墙壁

## 天空在变化

雨点砸痛了皱巴巴的池塘
乌云不会立刻消失
像个无赖
从西头翻滚到东头
无非是营造、呼喊更疯狂的
暴雨
树不会低头。大地,放一匹
疲惫的老马
月缺,是在努力制造月圆

太阳出来时
月亮
星星
还有风
都隐退到另一个世界
小河
依旧唱着歌,走自己的路
他和她
面对闪光灯,牵手踏上红地毯

## 和孤城去草原

和孤城去草原,像入了私塾
这是向他学习的最佳机会
一部《山水宴》
只能从苦读上借鉴
走近他身边,聆听他说诗
就像天天沉淀在《每日好诗》

可他总是那么谦虚
不说诗,只喝酒
酒味里冒出缕缕诗味
我分明感觉到
"李白斗酒诗百篇"的意境
没学写诗,学了做人

从草原返京,我抠不出
一个字
他的作品如珠玑
一串串地落在报纸、杂志上
这就是
河流与河流在波浪上的差别

## 说起女儿

说起女儿，心底还是涌动
一阵阵辛酸
强忍住噙在眼里的泪
没让它流

十六年前。送走她的那个夜晚
我坐在房间
悄然无声地落泪
是担心她北上远行
还是惦记她
对部队生活不适应
儿行千里母担忧
父亲也有脆弱的一面

今天转业到了异乡
虽说经过部队
16年锻打、磨炼
在父亲眼里，她还没有长大
往后的路
像一条盘山道，悬在她眼前

## 2月14日这一天

清晨,手机"滴"个不停
戳开屏:情人节快乐
一条叠一条的信息
像城墙,码高一层又一层
这一天,似乎与我无关

应该是与我这个年龄的人无关
削只苹果,收拾厨房、客厅
这一天就会长上翅膀飞腾
我又不能,从网上
租个情人,把这一天当做是节日

她,第二天问我
我也不知道怎么挨过
这一天
或许像墙上的手表
我只会捡起儿时的故乡

## 清明,在母亲屋前

春风喊不回
小巷飘过的春秋
我走进儿时的老屋
却再也
找不回记忆时的童年

香烟袅袅
春风托起哀思
跪在坟前,我仿佛听到
远方的母亲
依旧在呼喊我的乳名

## 心相连

相思冗长
像一条伸向天际的路
相见短暂
短到只有一个字
只要把相思的种子播下
相见,总会发芽

大自然
有风、有雨、有雷电
人间何尝不也有
悲欢离合、酸甜苦辣
身居两地
微信、视频,一如红娘

## 叫声妈妈，我还没长大

叫着"妈妈、妈妈"
说明你像只羊羔，还没长大
尽管年过半百
却还是妈妈，手上牵着的
扎羊角辫的娃娃
还是妈妈的宝贝疙瘩

有妈妈羽翼的护佑，就有了
撒娇的怀抱
什么委屈、忧愁、烦恼——
只要靠在妈妈的
肩头
如一阵风吹过，雾散云消

捏寒风、顶骄阳，见妈妈
心里像兔子在跳动
一声汽笛，揪紧你的心
就要见到妈妈时的
激动
让你又年轻了三十岁

## 寻 声

蝉鸣
蛙鸣
鸟儿的歌声……
被季节打磨出不同的
声调
这些，无论熟悉
还是陌生
似乎与我无关
我仿佛听到
在遥远的南方，母亲
在呼喊
已经成为另一种声音

## 生 死 规 律

一棵树站在村边
更像一棵树
没有枝繁叶茂,只有骨干
如赤裸裸的硬汉子
立于冬
编织的冷酷中

一只乌鸦,扇动黑色的翅膀
越过白雪覆盖的田野
村边走出一群人
头顶瀑布般白色披巾
吹吹打打
冬天的冷漠被热闹声

驱赶进远处冷落的沟壑
有人落户新宅
悲伤的故事
从泪水中流成揪心的
呼唤
谁也无法扭转生死规律

## 付出

小河
像父亲，收养了石头、水草
也如母亲，喂养了鱼、虾
但谁会在乎
小河的付出

沙子
没有风，扬不起红尘
一滴水
不能融入河流
只能被阳光收走

我坐在黑夜里默默
等待天亮
聚会的酒席也该散了
河水
总会冲开我心里的缺口

## 相对

躺在摇篮里,我是庞然大物
走到天空下,我变得渺小
站在一棵小草面前
我是巨人
站在一棵冲天白杨树下
我像棵小草

世上万物,高与矮,大与小
都是相对而言
缺少参照物
镜子里只有自己
男人
没有女人,何来家?

## 变化

日子，一天比一天过得好
我的颜值
却一天比一天变得坏——
抬头纹，如山涧小溪
鱼尾纹，皱巴巴地贴在眼角
一张脸
仿佛是一张老树皮
不敢打卡
怕污染环境
更怕碰碎行人眼球
春天打开一片
绿色，多像我年轻时的模样

## 风格

假如事业获得成功
爱情却失败了
我该怎样去
评估自己
——胸无更高的价值追求

我不是高尚的人,像只随时
都可以被踩死的蚂蚁
我也不是卑微的人
我有对生命
选择、运行的尊重

一棵站在冬天的白杨树
不指望活出寒梅风格
挨过冷酷、冰雪
春风里
又展示出——绿色生命

### 彼此惦记

月亮如灯
激活
摁住我心底的思念
我在床上翻过来
翻过去

远方
同一片月光下
她像一只鸟
站在窗前
翘首深邃的夜空

## 友情、爱情、亲情

友情是条纽带,把两颗陌生的心
连在熟悉的轨道
像春风细雨。慢慢地
彼此利用手机
沟通对方,倾诉时间的用途
共鸣是桥梁
感情,渐渐地袅袅升温

脚下有路,相隔三千八百里
一只鸟,架起鹊桥
高铁呼啸,拉短距离
桥头,第一次握手
夏天,太阳炙热
挡不住激情燃烧的时刻
相约秋天——
丰收,总是铺满山坡、田野

## 婚礼有感

我相信还是不相信
婚礼上
男女的山盟海誓
像广告词
但我
确信真正相爱

是一对戏水鸳鸯
默默无语,永不离弃
一次婚姻
就是一次考试
就是身份的置换
角色变化于无形之中

先哲:举案齐眉,相敬如宾
田间、地头、厅堂上……
今人:相互搀扶,牵手白头
公园、街道、夕阳下……
兑现承诺
难的是一辈子

## 谁也不想提起缺席婚宴的人

酒盅相碰,每个人都把手臂
像塔吊的吊臂,拉到最长
酒席上
人人喜笑颜开
没有谁会提起缺席的人
但个个心里都有一盏灯

十个人,除了二嫂
九个人脸上堆满笑容
与喜宴匹配
与婚礼热闹场面匹配
我似乎感觉二嫂
平静的面容下,隐藏着一丝忧伤

心底,疼痛在刺激
她当然要强忍
二哥缺席最小侄女婚礼
也会在远方祝愿。想起二哥
我的笑容,陡然间
犹如被一场雷雨击垮

## 百年老树

一棵走近死亡的百年老树
站在冬天。雪
就要空袭大山、田野、村庄
老树对到来的一切
全不在乎
浑身像被野火燃烧过

老树,用仅剩下的一缕气
顽强地抵挡暴雨、冰雪
一如忠诚卫士,守护村庄
任凭闪电,一次次轰炸
老树依旧是老树
挺起硬骨头一样的身躯

一丝春风从远处匆忙赶来
轻声唤醒小草
抚过小河。一朵朵迎春花
把绿芽挂上老树
假如,我的生命
像这棵老树,那该多好

静 思

今夜,我伫立窗前
二十平方米的房子
装不下我两厘米的心

我两手空空,却无法抓住
高冷的月光。寂寞
不声不响地站在我左右

城市在远方,你也在远方
我看不到你的天空
是什么颜色
也看不到你的脸色

## 暮年

她说我的脸,像老树皮
抹上一层白石灰
也不会光滑。皱褶,依旧
十分明显。日月,如螨虫啃坏了
面部皮肤
坑坑洼洼,犹如乡间田埂

年轮,挥起铲
给额头铲出一条条小溪
给眼角铲出鱼尾纹
于是,我从青年进入了暮年
拄着夕阳,站进晚霞
我仿佛忘记了曾经的自己

把过去还给过去
等待一场暴雨落下
把残留的记忆冲刷干净
体验了生命,享受了过程
落日
终究会从光明走入黑暗

## 最美的黄昏总是与落日相拥

该说的已经告诉你了
如何把握月亮、太阳与自己
每个细胞的喂养
并非一朝一夕
贵在坚持。你用什么样的
习惯去调理日子
日子
当然会送给你什么样的岁月

意想不到的百年
犹如原始森林中的一棵大树
生命
总是隐藏在每时每刻
把握四季
顺时运作五脏六腑
最美的黄昏
总是和落日，拥抱在一起

## 闷雷

谁从遥远处,"哼"了一声?
像天空传来的滚滚闷雷。
没有闪电、没有乌云、
没有雨点的配合。
我当然
熟悉这声音,前几天听过!

"哼、哼",闷雷又接连传来。
我有点害怕,
会不会变成惊天炸雷?
不管它什么雷声,
有人给我挡住。
我始终是安全的——雷打不倒!

## 心如云

我找到你,似乎结束了
彼此灵魂的流浪
年轻的心
如波涛,总会翻滚
春天
给人更多爱的遐想

一次坦诚的表白
填补不了
长久需要,就是喜结连理
心,有时也如小鸟
天空浩瀚
云,总是随风飘荡

### 走上梧桐大道

定格在梧桐大道
拍下留影
也拍写了一段美好记忆
宛如一对热恋中的情侣
又是现实版的父女
机缘巧合
天意，藏在深秋的金陵

走一段，就刻下一双足印
虚构的感情
像回到了那个春天
新芽总是从旧枝上长出
在日子里发酵、升温
犹如冬天
雪地里燃烧着一朵蜡梅

## 出嫁

一声唢呐，吹起半条街的
沸腾
喜洋洋的音乐在半空飞飘
吹吹打打的
热闹声。一辆轿车
头戴大红花
缓缓驶出了小巷

远处
一位老人拄着拐杖
静静地
站在桥头
目送渐行渐远的
轿车
默默祈祷——远行的新人

## 心被拴牢

你拴住我的心,如拴住一只小船
我的心
无论漂泊何方,
都会停靠在你的码头

把生物钟确定
与你的生物钟对接
每天——我像你影子
你像我影子。把日子打发得
光鲜锃亮
把挂念、惦记定格在同一时间

一次拥抱、一次牵手、一次分别
当作宝贝深藏在心底
终生呵护
有你
如夏天有了空调
如冬天有了暖气
烦恼
像块石头,越不过一座山

## 走失的情感

一

瓶子砸碎后，工匠像位慈父
细心缝补，恢复了原形
骨子里
留下了难以愈合的伤痕

二

你离我而去，恰似鸟儿飞离鸟巢
鸟巢依旧活在树上
鸟儿
钻进云层，接受风吹雨打

三

风筝，宛如一只远飞的小鸟
借助春风，越飞越高
无意松开，捏紧的线头
风筝
飞向高空
像极你，离我远去

## 短诗一束

**一千只心眼**

请关闭你 998 只心眼
一只留给自已
一只送给
——缺心眼的我

**昨天的回忆**

抱着阳光,像抱着你
还沉浸在昨天的回忆
甜蜜
从嗓子眼里冒出缕缕香气

**大树**

四季站在路边,随着
季节改变面容。
它们从不告诉任何人,
用一生守候,为什么?

**前行**

没有雪花那般张扬
没有牡丹富贵
更没有玉兰花的芬芳
我就是我
一辈子朝着坟墓前行的人

## 替身

一

一只野鸭,张开双翅不停顿地
扑打水面
企图模仿那只白鹤
飞越空中
多像我梦想飞出
山沟,寻找另一片天地

二

背着夕阳。我做了次热处理
不知道
对那棵树的成长
有没有帮助
此情此景
像极我年轻时,下乡插队

三

南方的油菜花儿开了
盼望北方的你来
给我拍张
——和油菜花的合影
一定要有
倒立在油菜花上的蝴蝶

四

昨晚，春风吹过黑夜
今晨，桃花与阳光一同绽开
狗跑在前面
多像儿时的我

我小心地挪着碎步
弓起背，跟在狗的
后面
狗牵着我，走进桃林

## 心底的呼唤

太阳从你身后,走到我面前
我的路途,充满光明
而你,却躺进黑暗
此刻的你
闻不到此岸花香的春天

你走过的路,越来越宽敞
是有人在它身上
洒下汗水
住过的老屋
带着我们离去的身影

与桂花树一起,集体迁徙
另一片天地
一如你
远居大洋彼岸

## 春天打开一扇窗

窗外,桃花盛开。有人
在桃树下拍照
我分明认出
就是那位老人

去年,他们像一对年轻情侣
手牵手,面对面
和桃花留下一张合影
阳光和笑声
依旧保存在桃林

我的目光,在桃树下搜寻
除了几对年轻人
只有一副沧桑的
背影
孤独地走向夕阳深处

## 我是陀螺

我是陀螺,旋转一生
每天"两点一线"
有时也离开久居的城市
钻向大地深处
行走江湖,是我向往的春天

寻找中得到一份快乐
也付出一份心血
汗水
常常伴随雨水,冲刷
疲倦的后背
也冲洗沧桑的前脸

白昼有痛苦,黑夜也有痛苦
雨过天晴
微笑成为痛苦的影子
我依旧是只陀螺
把动力隐藏在旋转的缝隙
当海棠花爬满枝头
耀眼的红,像火焰点燃

第四辑：遇见美好

## 烟花三月

逃离剪刀般的二月春风
跨进烟花三月
抱紧暖阳与绿叶
河水里流淌着一叶轻舟
橹声
摇醒大地回春的欢腾

桃花红,杏花白
一只蜜蜂,含住一朵油菜花
扇动翅膀
扇出田园耀眼的金黄
踏青,成为躲避
城市,寻求安逸的乐趣

鸟鸣如歌
花似海洋
一缕薄雾,缠绕青山
走出村庄的人,奔赴田野
老牛
正在释放积攒一冬的体力

## 骑着落日追赶太阳

落日，自顾自地去寻找
太阳升起的地方
晚霞、鸟鸣、蛙鸣……以及
从田野里归来的
农人，似乎都与它无关

有人驾着轿车，在狂奔
自行车、摩托车被挤在路边
人行道上，人头攒动
仿佛都在追赶落日
把生活掀起层层波澜

我也是一朵浪花
从光明中走向黑暗
与星星、月亮贴得越来越近
与家和亲人离得越来越远

城市的过客与城市居民
虽然同饮一江水

拥有同一个太阳和月亮

骨子里的区别，是永恒的存在

第四辑：遇见美好

## 遇见六月

遇见六月，也遇见了你
半途中
伸延出一条山道。山道
犹如一条红线
牵出溪水潺潺，阳光明媚

一枝蜀葵，摇曳在路边
仿佛摇曳出
一个人的前生
接受风儿洗礼
多像你——甜甜的笑靥

没有等到你
我不敢老去
如河水，没有等到春天
不会解冻
——只为前生约定

## 八月的色彩

八月
并不缺少色彩
粉红色木槿
蓝色鼠尾草
黄色棣棠
白色玉簪……
它们，都是精灵
用自己的姿色
为八月添彩
我不甘示弱
在自己的焊接岗位上
也迸溅出
一朵花——汗（焊）花

## 衰亡

喊声，有气无力。松果菊
对视荷兰菊
似乎有话想说。荷兰菊
傲慢地
看眼松果菊——精神萎靡

一些夏日的精英
譬如：蜀红、木槿花、玉簪……
顶撞过阳光、酷暑
炎夏
彰显自己强劲势头

这个季节，适合荷兰菊
家族生长，抢占风头
松果菊失去光鲜的
容颜
恰如一位风烛残年的老妪

## 篝 火

架起一堆废旧木柴
再浇点汽油
点燃，成为篝火
火越烧越旺
黑漆漆的地上
蹿出一条条蛇信子般的红色光芒
把一片天空

照亮。一群人，手牵手
宛如一条手链，箍住篝火
跳起来，舞起来
歌声划破黑夜
笼罩在篝火之上
星星
被蹿高的火苗——吞噬

## 松果菊

公园的路边,挤满了草,开着
假龙头花、芙蓉葵……
我更倾向于松果菊
顶着烈日,对抗酷暑
展示出夏花的风采
风雨袭击,一番蹂躏
也未能,摁下它高昂的头颅

我走近松果菊,不得不敬佩它
顽强、执着、不屈
它朝我点点头
依旧像位哨兵,握住骄阳
一如我的父辈,耕耘
在田野。又如
建筑工地,建设者们的形象

## 八月的傍晚

一棵树，把一只蝉弹向天空
天空拉响蝉鸣
如笛声
一只鸟衔着自己的
影子
寻找栖身之地

黄昏点燃西边的晚霞
一担担稻谷
压弯了扁担
庄稼人脚步沉重
踩出的
脚印，全都烙着喜悦

收获，总是属于汗水与付出
阳光与七月
似乎达成共识
白天默契，夜晚
分道扬镳
激情，漫延至子夜

## 假龙头花

烈日炎炎，空气中仿佛燃着火
假龙头花，一个个挺直腰杆
争着出头
好像这个夏天的阳光
是专门为它配置的
张扬倔强的个性

不向酷暑低头。我也不向
酷暑认怂
独自推着三轮车
清洗骄阳。当然
在有树荫的地方
我还是停住脚歇歇，喘口气

甩掉沉重的汗珠
不像假龙头花
——傻傻地
顶撞阳光，接受摧残
人
总比花花草草现实

## 丰收后的遐思

田野把自己贡献给秋天
开镰
庄稼人怀揣
满眼丰收
知了穿越时空
有一声
没一声地喊出
庄稼人的雨水

喜悦堆满粮仓
父亲
蹲在院子中央
手捏烟斗
思索
这批稻谷的去向

## 蚊子

只一巴掌，就拍死了它
一滴血，红红地
粘在手掌心
像丹顶鹤的红

每到夜晚，它总是发出
"嗡嗡、嗡"的低调声频
让人讨厌，给人烦躁
热浪一浪
压一浪
起伏在门前小道

我躲进小楼。它犹如隐者
叮在我背后
这次
我不需出手
它也会自动坠落
它的呼吸在此终止
连它"嗡嗡"的叫声，也像个句号
消失在空气里

## 将军,从这里走出
### ——写在新四军七师纪念馆

将军,从这里走出
穿过炮火,越过枪林弹雨
站在共和国的旗帜下
眼里,滚动着
出生入死的兄弟

红旗——这般鲜艳
是新四军战士的血,染红
旗杆——这般挺直
是皖江儿女,挺直的腰杆

一堵雪白的墙壁,不分昼夜地
穿梭着一群从血泊中
走出的人,他们像黑暗中的火把
燃烧——祖国危难
匹夫有责,救万民于
水深火热之中
重担压着年轻的身躯
终于,腥风血雨,洗亮了黑暗

共和国的史册上
一个个将军的名字——
张鼎丞、曾希圣、何伟……
像太阳
闪闪发光,成为永远的丰碑

## 春风,又一次吹响号角

像春风,一夜间吹遍祖国的
山山水水
"向雷锋同志学习"
成为一个时代响亮的号角

六十年传承,不是喊在嘴上
——在车站、在街道、在商场
在任何一个岗位
千万个雷锋在茁壮成长

对同志要像春天般地温暖
互帮、互学、互爱——蔚然成风
做一颗永不生锈的螺丝钉
多少人追赶日月,风雨吹打不垮

一年一度的春风,如号角
年年在神州吹响
一个民族的伟大精神
一次次高扬风帆

雷锋精神,依旧是
一代又一代人,学习的榜样

### 翱翔在蓝天下的海燕

东海。蓝天辽阔，吸附着磁铁般的
白云。一只海燕俯身冲向大海
贴近海面，划了道弧
扇动双翅，追着巡逻的军舰

舰艇犁开雪浪。甲板——
水兵紧握钢枪，如哨兵挺立在
万顷波浪之上，目光射向
无垠的海洋。祖国海疆的安宁
家乡亲人的安康
重担，压在水兵沉甸甸的肩膀

海燕一声嘶鸣，狂风拎起
万顷波涛。舰艇压着
疯狂的巨浪
水兵，展露出骨子里的刚强

今天苦练一副钢筋铁骨
打造守防的火眼金睛

明天才会
精准歼灭，敢于犯我的虎豹豺狼

## 走在强国梦的路上

雄鸡亮开金嗓子，喊醒了睡狮
一轮朝阳，磅礴升腾
东方
屹立着一位沧桑的巨人

28响礼炮
宣告新中国的诞生
神州大地，处处激荡一个声音：
中国人民从此站起来了！

七十五年，峥嵘岁月
创造出一个又一个奇迹——
自力更生
硬是改变了一穷二白
改革开放。脱贫。巨变富强
收回港澳
"复兴号"，拉近城市距离
大国制造，不仅仅是愿望

"神舟",飞越太空
摘星人
让五星红旗闪耀月亮
航母,一艘又一艘
带着母亲的希望,守护海疆
伟大祖国
昂首走在强国梦的路上

## 摘星人归来

——写在神舟十三号宇宙飞船返回舱返回的日子

金秋十月,你们成为飞天
遨游在星辰海洋
漫长的封闭
留下无数经典的场面
春暖花开,凯旋

183天,是历史长河一粟
三只在太空中穿行
翱翔的雄鹰
把宇宙的秘密带回人类
我们翘首这一刻
定格在内蒙古高原
钻出神舟十三号返回舱
创造了中国航天史上奇迹

你们是——祖国的荣耀,民族的骄傲
中华史册,刻着凯旋的英雄:
翟志刚、王亚平、叶光富
摘星人闪光的名字

## 我与风雨赛跑

搬动一片又一片落叶
门外，风
像位环卫工人
把街巷扫得干干净净

我抱着风
使劲甩开两条腿
一如百米冲刺的运动员
超越雨的步伐
又如奔赴
战场的急行军战士
抗洪
也是一场生死决战

## 走进黑夜

落日,把我渐渐地推向黑夜
星星,拉亮人间光明
在这个昼夜
盛开的是花
凋谢的也是花

蛙声如波浪,冲出田野
月亮在听,田园在听
躺平的我也在听
这个夜
唱歌的少,听歌的多

## 深夜，与电脑对话

我们在黑暗中接吻
没有明亮的壁灯
也没有绚丽夺目的吊灯
你依然光彩照人

窗外，城市还没按下暂停键
地铁声、喇叭声、摩托声……
一片喧嚣
人们按照自己的方式
碰撞这个世界
驾驭时间。我在点击你的灵魂

窗帘遮挡住静谧
挡不住彼此激情四射
我们仿佛生活在真空
我们仿佛不是这个城市公民

只有深情地对接、触碰
才能听见骨子里的春风

晨曦打开时
我们在光芒中交出一份收获

第四辑：遇见美好

## 雪 后

这个季节,黑,全被白
封锁、覆盖
无数生命,屏住呼吸
闭嘴,等待下个季节抵达

我推开风,不愿它接近
风也推了我一把
一个趔趄
差点滑倒在玻璃般的路旁

和我擦肩而过的行人
似乎也反感这阴森森的风
他们拢起袖子,把双手
藏进袖筒
躲避风的追赶

远处雪地里、一群孩子
围着雪人,蹦着、跳着、喘着……
大口大口地喷出烟雾般的

热气
弥漫在童话般的世界

第四辑：遇见美好

## 收获前夕

等风吹过。我想听蝉鸣
一只只麻雀
飞来飞去
盯着黄灿灿的田野

稻穗,像接受检阅的战士
和我一起,站在蓝天下
骄阳——
抚摸着田野、花花草草……

收镰人,如细流
淌进庄稼地
集体鞠躬
怀抱一个季节的收获与希望

## 冷冷的黑夜

一

冷冷的黑夜
窜来窜去的喇叭声
流出无声的哭泣
夏天里的嬉笑
已被深秋吹来的风
刮得无影无踪
一层雪
把万物包裹得严严实实

二

冷冷的黑夜
灯红酒绿。霓虹灯高挑
适合年轻人约会
与我无关。埋头、睡觉
不干扰
时间的流淌。一夜无梦

明天
又是一个追赶时间的日子

## 立冬

这个秋天,像只蚂蚁
爬得有些缓慢
缓慢得让我差点忘了
下个季节

一场雨,不紧不慢
脱下了我的衬衫

立冬,是位过客
站在路边
喊醒一地霜打的落叶
也喊醒了我

## 又一次来到小树林

朝我走来的,是一片小树林
枯黄的树叶挂在枝头
风一吹,你推我挤
风再一吹
一片又一片纷纷掉落
小树林,在"簌簌"声中
像镀上了一层黄金
我又一次来到小树林
有人告诉我:
那是一片银杏树
我站在林中
细细端详每棵树,确认它的姓名

我与大地对望——
我比落叶高,比银杏树矮
一地落叶,没有任何价值
只能观赏,只能作为
深秋的铺垫
冬天,会给它们安排一个来生

## 走进夜生活

弥漫在西边的火烧云
让我看到血色黄昏
和落日的深沉
天空,依旧给我们制造出幻象

晚归的人,不是在朝相同的方向
奔走。他们像海面上的浪花
翻滚、消失、再翻滚、再消失
直至溶入海洋
我恰好掉进人流
不知随哪朵浪花漂泊

天上星星点亮地上星星
旧时间死去,新时间诞生
我陡然记起
——闺蜜今晚过生日

## 越过冬天

天空自带光芒,把忧郁、伤痛
隐藏在山那边的湖水
我看不见
八千里路上的战马嘶鸣

现在的山,清晰。路
闪着乌黑的亮
一辆辆车,一群群人
活跃在自己奔跑的方向

路边的花朵,像无忧的少女
充满阳光,盛开着笑脸
它们,早已忘了秋天
被风追赶,逃窜时的狼狈相

## 小雪

应该是你归来的
日子
我盼望了一整天
什么也没变化

风
陡然吻了吻
我脸
又倏地不知去向

踌躇中
听到很多人
叫你名字——小雪

## 春天的小草

小草们礼貌地对春风弯腰、鞠躬
我走过时,对我
弯腰、鞠躬,像一群懂事的孩子

阳光站上山巅,它们
齐刷刷地浩瀚
慌忙给大地铺上了一层绿地毯

河水绕不开,小草的青春
小草托起杨柳万般风情
迎来送往,人流如织

数不清的日出日落,花开花谢
小草总是在
春风中,第一个喊醒绿色

我,走进花海般的公园
宛如路边的小草
走进了又一个春天

## 拉长的影子

一

谁,拉长了影子
把一条孤独,留给夕阳
路,不说话
风告诉我,是岁月

二

傍晚,影子被越拉越长
我向前,追赶影子
每前进一步
落日,就向下沉一点
晚霞散尽
影子,终于被黑暗吞噬

### 雪后的窗外

树上挂着一串串"冰棍"
阳光走过来
它们一个个躲到
树下
闪出亮晶晶的光

一堆堆雪，萎缩在路边，不说话
行人踩过小树林
树林发出疼痛的呐喊
有人在光溜溜的
路面，小心翼翼地照着镜子

一只乌鸦，漫步在雪地
时而止步聆听
时而低头啄雪，像在寻找丢失
另一只乌鸦
如箭，射过雪地

## 石头的前世记忆

一块石头,咬住月亮
蹲在山脚下
用坚硬的肩膀,托起一棵松柏
对爬上爬下的
行人,讲述它传奇的经历

我坐在石头上,与它对视
一个来自地壳运动的灵魂
一座山摆出各种石头的造型
得益于大自然的
鬼斧神工。亿万年敬仰

有月光的地方,就有石头的
身影,千奇百态
时间穿越
亿万年历史
也找不回一部《石头记》

## 雪后,一些事物改变了形状

铲除的雪,一堆堆排列在
人行道边,冻成
雪人
站在零下13度的热浪中

一只只"熊猫"整齐地排列在
路边,掩盖了冬青树的
心事,把一股股寒冷
刺向偶尔路过的行人
行人
向空气中喷出热雾

一幢幢高楼,伸向冰天
寻找太阳
变成高空下,低矮的坐椅
俯视滴银挂玉的枯骨
大地,漫天皆白
与我的头发,交相呼应

## 雪走了后

跨进立春
一场雪
从北方匆忙赶来
像位过客
住了一晚
走得无影无踪
可我
还得收拾，它住过的地方

## 等待早晨

零点的钟声已经敲响
我睁眼躺在
又一个凌晨
天空,仍然是黑漆漆的天空

晚归的人,顺着灯光
数着路灯下的亮光
等待
黎明的旭日带来光明

## 与一场雪邂逅

立冬，转身打开门
邂逅了
冬天融化的阳光

今年赶来的雪和去年来过的雪
犹如一对孪生姐妹
那舞蹈的姿势
像一塘芦花，随风飘逸

顶着季节，来自遥远
帮冬缝制棉衣
蹲在树上，躺在池塘，坐在门前
塑一副造型
比演员摆出的姿势
更加动感。树木、村庄、田野
被锻造成冰雕世界
独留一株寒梅
火一般燃烧在白色空间

小桥举起太阳,晒白了寒冷
晒暖了
挤在大街小巷的冬天
雪,埋伏了季节留下的
心事
藏一份绿色——留给田野

## 生活的密码

我问生活：你有密码吗？
生活肯定地告诉我：
有！
能把你的密码告诉我吗？

雪从空中飞来
——在你双手上！
我摊开双手：
只有两位，不够。

风从童年走来
——在你双脚上。
只有四位，
还不够！

太阳从海里爬起来
大声呵斥
——还有两位，找你大脑！

## 种子的力量

一颗种子，钻出地面，如同广场上
音乐喷泉，射出生命的力量
又像一棵树，借助雨水、阳光
撑破一片天
展露出骨子里的顽强

假如种子没有变成种子
接受生死考验
就不会扎根，不会站在田野
成为稻浪
假如没有阳光、雨水
种子就会发霉、腐烂
像一棵草在沙漠中枯萎、死亡

地上本来就有缝隙，是大自然
预留的生存空间。种子
才能冲破封锁线。时光如母亲
把种子变成一位举重运动员
举起了

阳光、风雨、蓝天、白云
如我一般地生存

第四辑：遇见美好

### 那年，我 68 岁

那年，我 68 岁
却意外捡到四个惊喜
——小诗上平台
照片上网、作者简介给
戴上了一顶"诗人"的帽子
还成了作家协会会员

那年，我 68 岁
第一次写的组诗登上纸刊
丢失 38 年的名字
重新暴露在读者面前

那年，我 68 岁。在一个特殊的
日子里，挤进文化跑道
一年中
我写下了 258 首小诗
拿了本"中国诗歌学会会员证"

我当然知道。我是位刚学分行的

小学生。以后的日子
用上一条河流的力气
奔跑,也跑不进诗人的赛道

## 一枚红叶

走下树梢　堆满一脸欢笑
像个串门的孩子　活蹦乱跳
飞不动的尘埃　裹了一身

一堆同胞　聚集　拥挤在
空旷　一名香客
点燃一枝香　青烟袅袅
血色同胞　无法脱逃

风是一名捕快　坐在桥头
刚刚协助城市捉拿
灵魂摆渡的同胞
又在追捕　被霜染过的记号

风起时
红叶慌忙抱紧枫树的脚
抖动着
一个季节的绝望

## 雪花来得有点早

夕阳挂在西边
有一片云,慢慢靠近
手机铃声,如一声惊雷
天,依旧蔚蓝
我的心,却笼罩上一层雾霾

该来的,总是要来
今年的冬天,来得有点迷茫
梧桐叶还没落尽
雪花
把大地擦得如天空的白云

## 我比风强

那棵树,似乎有什么委屈
对着风,大声呼喊
仿佛要一吐心中不快
风
总是不停地对树,强势摧残

小河从宁静中醒来
对风的肆虐
充满敌意。它够不到高处
只能把掉在
河面上的风,使劲摁进水底

我对狂暴凌厉的风也不满意
一甩袖子,打倒了一片
每踩出一步,就踢出一脚
风
只能在我脚下仓皇溜走

## 黄昏走过草原

山叠山，宛如起伏的海洋
在草原的天际延绵
冬天渐行渐远，春天逼近草原
小草刚刚拱破泥土
羊儿像一坨坨雪，撒落在绿色中
埋头寻找延伸的生命

马蹄达达，自远而近
牧马人的吆喝声
打破黄昏的宁静。套马杆
能套住一匹烈马
甚至一群狂奔的马
却套不住，渐渐远去的落日

蒙古包——坐在遥远的山坡
凝视归来的牛羊、骏马
一如虔诚的教徒
祈祷草原更加葳蕤

## 走出冬天的草原

雪，掩埋了死去的草原
风雨撑开新的生命
梳理小草
草原依旧辽阔、浩荡
暖风悄悄亲吻绿色海浪

吸引牛羊、骏马的是草原和
潺潺流淌的溪水
它们和小草、溪水一样
也是从冬天里昂首走来

牧羊人掀开蒙古包
把冬天丢在身后
举起双臂
甩动羊鞭，打响了春天的鸟鸣
暖阳，穿过草原
站在牧羊人身后，不说话

## 雪，留伴最后一个黄昏

雪，赤裸裸地躺在
山坡、树林、河边和小道上
留伴最后一个黄昏
我欣赏它如玉般的胴体
踩着它向新年前行。我的脚步
向前跨出
一步，它就喊一声：迎新

它一边喊着
一边翻身跌入梦境
晚霞，牵引我跨出的脚步
我越往前进
落日就越接近地平线
新年
满地依旧都是白雪撒出的盐

## 小河的希望

小河,用自己轻薄的身子
挑起两岸沉重的河堤
一些小草在呐喊
——加油!小河走出冬天
依然如故
不知疲惫地追寻

小河要把两岸河堤挑向远处
高山问它、田野问它
村庄问它……
我站在小河的肩上
目送它哼着
"哗啦啦、哗啦啦"的小调

和月亮、星星恋爱于静谧
太阳在高处盯着它
它像位少女,羞红了脸
微笑地看着太阳渐渐西落
一片平原
齐刷刷地冒出,小河的希望

### 雪后的凌晨

夜空,用黑把雪花打碎
碎成一粒粒的白
风,像搅拌机
把纷纷扬扬的雪,抛落人间
黑夜被白雪覆盖
天空和大地,交融成一色

雪地里
叽叽喳喳的鸟儿躲进寰臼
一部独轮车
吱吱呀呀地推出村庄
碾碎静谧的凌晨
拖出一条长长的印辙

城门是敞开的
店门是关闭的
独轮车如孤单的守夜人
等待繁华早市
辛劳
企盼需求的人用银子换取

## 小河失忆

一条河,像位失忆的老人
它一边走,一边问——
问小草,小草点点头,不说话
问柳树,柳树摇摇头
问石头,石头坐在那动也不动
指指捂着鼻子的行者

小河转过弯,提高嗓门
问村庄。村庄告诉它
自己诞生时,小河
是位蹦蹦跳跳的百岁前辈
小河失忆
源于一场"病"

它本以清澈、甘甜、奔放的性情
喂养了千万子民
利益,撬动一颗颗不安的心
一座座小型化工厂
如雨后春笋
它们带着我的疼痛,在河边扎根

## 又到立春时

穿过冰雪,抵达严寒
万物,从脆弱中
挺起胸膛,站进第一个季节
——立春
醒了:蛰伏的、低调的、埋头的……
生命顺应大自然的变化

捧出自己亮丽的绿
生存得风光无限
我也度过黑夜
丢下雪
丢下冰
丢下一个冷酷的世界
醒来。融入万物
与它们并存在同一个空间

## 雪

梅花点燃你洁白的容颜
我站在地下
仰望高处

一棵树,发出疼痛的呐喊
整个空间
像被一只铁桶封住

只有你,仍在飘飘洒洒
从仙境掉进人间
变成白色的符号

我蹲下身,用温暖的双手
捧起你冷漠的脸
你是瑞雪——丰年的源泉

## 苏　醒

万物蛰伏，都是季节精心安排
重生也是。这红色桃花
白色梨花、蓝色鸢尾
站满路边
如果不是春风匆匆赶来
它们不会笑脸相迎
我也是
从冬眠中苏醒，活在暖春的人

## 这些酒

这些酒
依然站在柜子里
像是在等
一个欣赏它们的人
我不是
伯乐
当然不去理睬它们

我转身
走进另一扇门
假装看不见它们
我当然知道
它们紧盯在我
身后
盼望移民到另一个世界

## 抵达春天

桃花,海棠,梨花,油菜花
……集体抵达春天
春天,对各种花的颜色、形状
花期,做出了具体规定
花儿们
有序地展示着自己的面容

一只鸟儿唤来一群鸟
它们,集体站上枝头
蹦来蹦去
给花儿
给姹紫嫣红的春天
送去自己美妙、动听的歌声

小河,日夜奔忙,开始喂养
鱼虾与整个水族
风拂杨柳
杨柳点绿河面。烟雾缭绕
如一条
白色腰带,从河面袅袅升起

## 篮球场上

你争我抢,仿佛竞争在生死场
长 26 米、宽 14 米的方框
跳动着 10 颗心
一会儿拍着篮球,呼喊队友
一会儿把球远掷给队友
或者,投向对方的球篮

一声哨音,裁判判决
有人下场,有人上阵
比分——
有时,一方得势
拉开距离
有时,双方咬住,难分高低

奇妙的是,最后 3 秒
一个不起眼的边锋
远投:哐——
得了 3 分
全场爆发出雷鸣般的
掌声

## 三月雪

雪花,还是忍不住
走进三月
遮挡了蓝色的天空

花蕊,藏住红
捧出洁白
多像少女纯洁的心灵

杏花、梨花
依旧保持自己的容颜
雪花
试图与它们比白

## 重新开始

山上的松柏,发出阵阵
涛声
雨,冲刷了记忆

回头,一座山耸立在
眼前
我成了山的陪衬

雪,如棉被,捂着
枯草和大地心事
阳光,像小偷,掀开了棉被

除夕死亡后
我
又活鲜鲜地站在新年

### 寂静的沙滩

放好椅子、小圆桌
茶水,坐上桌面
撑起伞
阳光被赶进大海

海与天一样是蓝色
只有沙子
裹着炽热的身体
安静地躺在海滩
似乎在等
一个它想见到的人

## 春天，走进街边公园

街边公园。不再
像旷野孤独的小路
在寒风中打抖、发颤
越来越多的老人，涌进公园——
玩扑克、下象棋、扭秧歌
打太极，更多的是
跳广场舞。挑选的每首乐调
都令人心神摇曳

每年这个季节，我也会走进
街边公园，与迎春、棠棣
苦荬菜、鸢尾蓝一起
为春天站台，接受春风洗礼
它们似乎要把
街边公园，分解成若干个春天

## 轮 回

绿色从枯萎中醒来,充满活力
我如绿色
从梦中站到一棵树下

忘掉去年秋天
那片落叶飘走时的命运
只记得——

一阵秋风走过
有人在树下
捡落叶,像诗人在捡诗

## 白鹤与乌鸦

一只乌鸦
以自己的黑,闪亮登上树头
一只鹤,以自己的白
独立站在河边草滩

白鹤仰起头,犹如仰视佛祖
带着羡慕,赞美乌鸦——
站得高、飞得高
以自己的黑,点亮了阳光

乌鸦像位傲慢的公主,俯视河水
嘲笑白鹤,攀不上高枝
飞不上高空,只能在
小河上扇翅,只能在沼泽地盘旋

一群游人,举起相机,追踪白鹤
摄下了一幅又一幅——白鹤
展翅飞翔的瞬间
乌鸦的叫声,引来一块块泥土

## 遥 想

我的伤痛,从黄河升起
像袅袅炊烟
弥漫——
穿越开封古都
荡漾洞庭湖畔
飘过白马寺

终于
太行山接纳了我的心情
深埋进冬雪
等待春天
发芽、成长
遇见时,就是一片湛蓝的天空

### 遇见喜事

抓一把阳光,甩进阴影
阴影亮了
我走进沉寂的小巷
对面,陡然抬出
一顶大红花轿
像团火,点燃小巷
唢呐声开道
新郎身披唐装,复制了古人
此情此景
像极我年轻时演绎的情景

## 春天，温柔得如花瓣

风，不紧不慢地刮过来
我没拒绝它，也没
阻拦它
已经是三月了

花儿们从冬眠中陆陆续续地
苏醒，撑开一张张
笑脸
就像早晨走来的阳光

春天，把冬遗留的零碎事
补写了一份地址，打包托运
尔后，把自己
悄悄地装进每朵花瓣

## 我路过银行门口

我跨进银行大门
有种想"抢劫"它的冲动
昨天上午取走5万
还清了最后一笔欠债
再也不会成为"老赖"

银行卡上仅剩5元,是我
全部家当。我是公民
必须遵守法律。我说"抢劫"
其实是想取出
卡上余额。正好,买只肉包

## 画 春

春天，是位妙手丹青
从不忽略自己的创造力
——绘出桃花
绘出玉兰
绘出杨柳、绘出青山绿水
几只燕子
剪出蓝天下朵朵白云

消除了和冬的隔阂
从沉重中撕去伪装
一团雾
自远山飘来，跌跌撞撞
一不小心，撞上大树，撞进田野
撞出一幅
春耕水墨画，堪与春天媲美

## 春意盎然

季节,在冬与春交接的
边缘,几番你来我往
挤开了桃花的笑脸
小草,拱破泥土
以青的名义,为春天站台

风来了,把花儿、草儿、树儿
裁剪成春的模样
阳光:给山坡、小河披上绿装
春意盎然
多像我们的生活——绚丽多彩

## 春天，藏不住自己

春天，隐身风中
躲进花丛
迎春花以坦荡的个性
第一个向我泄密
——是春风喊醒了它
我走进公园

桃花、梨花、玉兰、海棠
它们如哑巴，却同时指证
是春风吹醒它
老柳树的辫梢，轻敲河水
向春天叩首
枯树逢春，得益于春雨的恩惠

第一声惊雷，炸裂长空
细雨，润物无声
小草，拱破土壤
绿了一片。勤劳的庄家人
像只燕子
走出村口，穿行在田野

## 三月抵达

二月，裹着冬末的残酷
摁住花蕾、绿芽
抟住河流的嗓子
在北方，偶尔撒几片雪花
我使劲劈开一块石头
迸出一团火，逼退二月

烟花三月抵达人间
油菜花藏起春天
一群"嗡嗡"飞来的蜜蜂
暴露了春天的身份。两只蝴蝶
扇动翅膀，扇出
阳光明媚，扇出紫荆红、玉兰白

城里人，涌向田野
打卡油菜地
春风懒洋洋地踱过
小草们欢呼雀跃
感恩春风
又给了它们崭新的生命

## 六月的植物彰显生命

太阳翻过大山和高楼
滚过来时
天蓝绣球,贴近一棵大树
谦虚地变成"小矮人"
萱草们,傻傻地伸长脖子
一如鹤立鸡群
任由阳光逮住,炙烤

地锦,你拉我手,我拉你手
挨得像一个人
集体趴在地,风吹来
它们一声不吭
倒是松果菊,天生不怕晒
昂着头,哪管你阳光
暴雨、狂风,傲如孔雀

在六月尾声中,它们用
自己的方式,存活
成为植物界的骄傲

被砍死的,等待灵魂引渡
生命如此脆弱而短暂
只有我,牵着四季
溜达在日子中,看花开花落

## 小草

一

风来时——
有的站立,挺直身子
有的卧倒,趴下躺平
顺应风,适合它们生长
它们原本腰身
就很细软
缺少像树一样的骨质

二

小草们的生命
掌握在春风手上
春风吹一吹,它们就
集体向上冒一冒
顶着绿色
像颜料,泼满春天

三

我是一棵小草,触碰在
浩瀚世界
任人踩踏。风
可以摁住我身子
却无法扼杀我生命的绿
就是化作泥,来年
又是铺满人间,绿了天地

# 思想的灵性在诗歌场域中绽放
## ——简评肖雪涛诗集《遇见》

刘 刈

诗人肖雪涛继《半途》《思之梦》之后的第三本诗集《遇见》即将出版，特邀我写几句评语。此前，我经常在《诗选刊》《星星诗刊》《诗歌月刊》《绿风》等众多期刊拜读作者的诗作，但真正和他谋面是前年我与《华中文学》在河北承德召开的一次文学笔会上。作者以诗集《半途》相赠，于是我集中赏读了他的诗歌作品，并一直保持联系，且与作者在北京、山西、天津等地召开的诗会上时常不期而遇。我愈加真切感到，作者为人的低调与谦和。去山西榆次参加颁奖会，会议要求每人交一份简历。他的简介惊人的精短："一个喜欢文学、年逾古稀的皖人，现定居北京。"如此而已。这次接到约稿电话，我很惶恐，但还是硬生生地答应下来。

接到《遇见》电子版，我连夜研读。这部诗集共分遇见故乡、遇见知音、遇见亲情和遇见美好四辑。我深入品鉴发现，这本诗集更知性，在继续保持内外兼修的诗风的同时，更加注重诗歌的精神内质的构建，行文也更加稳健、老道。他习惯把自己丰富的生活经历转化为人生阅历，巧妙地融入诗观理念，用以抒发自己的生命体验，自觉肩负起新时代诗歌正义的使命，在写作向度、艺术维度、精神高度均能兼顾得很好,形成多元立体的诗歌体系。反复品读《遇见》这部诗集,诗人场域的把控性、情感的充沛性、表现的多元性和人性的本真性等方面给我留下了深刻印痕。

作者丰富的阅历和宽宏的视野决定了他创作题材的广泛性;他善于接纳处理、解构重组各种素材,又体现出诗人视域的宽宏。作者经历丰富,二十多年前便停职留薪,下海经商。但无论在什么岗位,做什么工作,他都坚持读书学习。有人说,读万卷书不如行万里路,行万里路不如阅人无数。由于公司业务需要,他经常到全国各地奔波,接触各阶层人士,接触各地的风土人情。可以说,在阅历上,他读书、行路、阅人三者兼而有之。有时"行路"途中,灵感袭来,飞机、高铁、宾馆、候车室都会成为他的临时书房。

面对纷繁的世界,每时每刻都可能发生意想不到的事情。指不定哪件事情会突然触动我们的神经,我们大脑储存的词汇就会蠢蠢欲动,不自觉地进行排列组合,就会陷入一种托尔斯泰说过的"自动化辨认"。此刻海量的汉字储备非常重要。作者的"存储系统"是足量的,而且具有"自动化辨认"的智能和智慧。因此,在"系统进行排列组合"时,他不仅有充裕的取舍空间,而且有取材选材的操纵能力。对于某些庞大的题材,诗人常常寻找小切口进入,于细微处见宏大。如,对故乡的感恩和思念就是一个大命题。作者抓住"小巷""风铃声""返乡潮""路边的邮筒""秋收"等等这些节点去小中见大，抒发自己对乡情、乡恋、乡思的体验和体味。对于某些不经意的小素材，作者又善于小题大做，于平常处见奇崛。如，《骑着落日追赶太阳》《春天，藏不住自己》《小河失忆》《石头的前世记忆》等等，一看题目就非常有诗意，而且看似就一个小事物而已却能引发出对人生大主题的种种叩问和思考。面对"多"的选择和"深"的掘进，很好地完成了双向交错点的精巧呈现。

　　诗歌需要抒情，这就需要作者必须有饱满丰富的情感。对世间事物总是无动于衷的人是无法完成真正意义的诗歌创作的。但是，也不是情感充沛就能抒发好，诗人还要根据诗歌情境的需要把握好开关，用好调节器，让情感水到渠成般注入字里行间。作者在这些方面做得就很到位。如《重踏故乡路》对乡思的表达："蓝天，仿佛倒空了／自己的所有。只剩蓝／蓝得深不见底／我见惯了蓝天下有白云／风，躲在山后。一只雁／像指路牌，指引我／飞向故乡。一棵树／以贫穷的姿势，静静地站在／山坡。我的脚步／踩痛了坑坑洼洼的黄土圪垯／迈出校门，走失城市的喧嚣／去认领山村的寂静／我踏上／寻找延伸的故乡小路。"作者利用假托的手法，间接渲染情绪,借助蓝天用蓝色这个明丽的基调来表达重回故乡的心情。再如《一团火,点燃在桃园》对友情的书写:"扒开枝条,一个熟悉的背影/像一团红色的火焰/透过疏影横斜/点燃在桃园/她不回头,自顾自地穿行/时不时摸摸这棵桃树/停下。望望那朵桃花/我能辨别出她的身影/桃树下,她驻足伫立/月亮见证过一对身影/他们久久对望/内心却翻滚着离别的不舍。"作者利用情节化的叙述填充抒情的空洞,让情感抒发有的放矢,饱满生动,有效调节内外平衡与呼应。又如《把泪水攒在这一天》对亲情的流露:"老天的眼泪,又扑簌簌地掉下/落在我脚前,像极我/把泪水攒在这一天/每年清明,老天的眼泪/总是早于我的泪水/小时候/父母带我去爷爷奶奶坟头/如今,我带女儿/去父母坟头,复制他们的模样/——跪下,一边大把焚烧冥币/一边默默呼喊。袅袅青烟/托起哀思。纸屑漫天飞/宛如父母正在/签收,这一年'生活费'/无论晴天或雨天/都要放一串鞭炮。父母被我/从远方喊来/我再送父母回到新家。"这首诗作者则对伤悲和思念之情毫不掩饰,任由情感倾盆而泄,尽情表达对已故亲人的痛苦哀思。

  在艺术表达上,作者的表现方式更是灵活多样。《感恩故乡》,"一滴雨,穿透土壤/救活一棵树/一粒米,走出田野/喂养我长大/父亲的汗水,像阳光,像雨露/小树成林,

长成参天大树 / 我也在父亲的汗水里 / 走出童年、少年 / 一如盘旋在 / 故乡的鹰。鹰也懂得感恩 / 是这方水土，让它翅膀变硬 / 跨出城市、走出校门 / 返乡，回报养育我的山村 / 我 / 属于故乡的山山水水。"作者以一滴雨与一棵树的关联，进而转向一粒米与"我"的延伸，通过"救活"和"喂养"引发"父亲的汗水，像阳光，像雨露 / 小树成林，长成参天大树 / 我也在父亲的汗水里 / 走出童年、少年"，把一个个具象串联成意象群，纷纷向核心主旨发力，集中表达"回报养育我的山村"，"一如盘旋在 / 故乡的鹰。鹰也懂得感恩""我 / 属于故乡的山山水水。"敏锐的感知，觉醒的姿态，独特的想象力、锻造力和表现力，让意象、意境升华成一种诗性的情怀表达。

　　作者在"用典"方面也颇具匠心。典故是历史的概况，前人的总结，本身就有丰富的思想内涵，用典可以使语言更加含蓄精炼。本书中诗人用典之处虽然不多，但用起典来却特别娴熟，颇见功力。作品用典有时蜻蜓点水，一带而过，当你用典故的原意去对照时，却又似是而非；有时拿过典故的经典之句或古代名人嵌入其中，你看着字面是熟悉的，但细品其用意早已翻出花样，另有所指。如《夜归人未归》"黑夜，吞噬了鸟鸣 / 却救活了狗吠 / 夜归人，把一肚子污物 / 喷到电线杆的脚下 / 一只流浪狗，像个醉汉 / 躺在夜归人身边 / 夜归人，

靠着电线杆睡了 / 空气中弥漫着辛辣味 / 没有'葡萄美酒夜光杯' / 没有'朱门酒肉臭' / 只有呼噜声 / 一如叫夜的猫声。"你细品那"拿"来的诗句不能不说是以一种修辞的身份出现的。如《一场盛会》"李白乘舟来了 / 苏轼也来了 / 这场盛会,怎么可以少了 / 这些诗仙?杜甫 / 堵车 / 正在赶来的路途 / 又一届迎春诗会 / 骚客们像骏马 / 从四面八方奔腾聚集 / 少不了放怀高歌,彰显 / 这场盛会 / 又是一次繁华空前 / 我当然没资格入场 / 只能踯躅江边 / 江风细语,千帆竞发 / 我仿佛看到屈原正站在船头 / 汨罗江卷起的 / 浪花,多像百姓淌下的泪水。"在这场别开生面的迎春诗会中,古代先贤们纷纷穿越时空而来,诗人的一句"杜甫堵车"把这场"古装戏"的现代感激活,并表达得栩栩如生。

　　诗集里的《窗帘》,则借助美术的大写意手法来完成,呈现出另一种风貌。"挡住了白,却放进了黑 / 我不打开灯,光明 / 就会永远阻止在窗外 / 我的房间像黑洞 / 夜晚开放得绚丽多彩 / 就会剥夺我的欣赏 / 我看不到太阳走在空中 / 听到鸟语,却见不到 / 它飞翔的身姿 / 可以想像车水马龙的街道 / 那个熟悉的背影 / 越移越远。陌生的心,越走越近。"通篇就是一种色调——"黑"。在这种写意中"我的房间像黑洞 / 夜晚开放得绚丽多彩 / 就会剥夺我的欣赏 / 我看不到太阳走在空中",采用黑暗与光明的反衬;"听到鸟语,却见不到

/它飞翔的身姿/可以想像车水马龙的街道",利用静与动对比;"那个熟悉的背影/越移越远。陌生的心,越走越近",这里的"陌生"用得非常妙。这陌生到底是黑暗对光明的陌生,还是封闭对自由的陌生,是对熟悉的陌生,还是对陌生的熟悉,朦胧闪烁,玄机不漏,任由想象,寓意深远。

　　作者常常把自己的所见所闻所想转换成一种人性通透的诗歌意境展现出来,捕捉和凝固生命中的瞬间,从而让人更加珍惜此刻所拥有的、把握当下的每一刻,让短暂的生命充满价值。如《余生》,"我就这样,默默地走来/又这样悄悄地离去/是巧合/还是天意/我好像完成了夙愿/我不再去计较/路的/坎坷、凹凸、坑洼/有一脚没一脚/小心踩着日子为我铺下的每条路/这辈子,仿佛心愿已了/用余生,镶只镜框/只为最后的告别时刻/派个用场/尔后,不必挂上墙壁。"再如,《六月的植物彰显生命》"太阳翻过大山和高楼/滚过来时/天蓝绣球,贴近一棵大树/谦虚地变成'小矮人'/萱草们,傻傻地伸长脒子/一如鹤立鸡群/任由阳光逮住,炙烤/地锦,你拉我手,我拉你手/挨得像一个人/集体趴在地,风吹来/它们一声不吭/倒是松果菊,天生不怕晒/昂着头,哪管你阳光/暴雨、狂风,傲如孔雀/在六月尾声中,它们用/自己的方式,存活/成为植物界的骄傲/被砍死的,等待灵魂引渡/生命如此脆弱而短暂/只有我,牵着四季/溜达在日子中，看花开花落。"《余生》表明了诗人乐观客观的人生态度；《六月的植物彰显生命》则力求展现在逆境中各自的应对姿态，让适者生存这句话得到具体表达和感性升华，折射出生存学的哲思。这两首诗或是直面生命，用自己的感同身受写余生，或是托物言志，把自己的体验和感受转喻于物，旁顾左右而言"人"。总之都是通过对生活、生命、人性等方面的深刻洞察后的感发，把诗歌的触角深入到存在的底部，让人从中感受生命中众多的棱角，生命的美正是因为有了各种不同的棱角，在阳光的照射下才彰显出各自美好的影像。

　　"一千个人眼中就有一千个哈姆雷特。"纵观诗人肖雪涛的诗歌，不同的读者可能会有不同的理解。然而，有一点似乎可以达成共识，那就是，作者通过诗歌作品显现出的空灵通透，深沉冷峻，大道至简，精致内敛的诗学风貌。我们透过作者的诗歌作品可以感受到他对生活、自然和人性的热爱与敬畏，以及对生命的珍视和对未来的期冀。这本诗集是作者真性情的再次展现，是他思想的灵性在诗歌场域中又一次绚丽绽放。我自以为是，不知各位同仁以为然否！

2024 年 9 月 29 日 于承德

# 后 记

  《遇见》是继《半途》《思之梦》后,我的第三本诗集。本集选用了我 2023 年 7 月 1 日至 2024 年 8 月的 200 余首作品。分为《遇见故乡》《遇见知音》《遇见亲情》《遇见美好》……

  人的一生,总会在旅途中遇见形形色色的人和各种各样的事。有些人,可能是你一辈子朋友或恩人或亲人;有些人,或许会利用你、坑你、骗你,让你伤心透顶;有些人,也许对你视而不见,听而不闻,漠不关心。有些事,可能让你快乐、幸福、激动,一辈子都难以忘怀。有些事,可能让你痛苦、迷惘、悲惨,带给你终身的遗憾。这些感悟和知觉,我学习用诗的形式,进行了表述、记录。尽管肤浅,但它是我生活中真实的写照。

  《遇见》并非是我本人生活的"遇见"。我缺失那份浪漫,也爆发不出那份激情。有的是根据抖音,臆造;有的是听到一件事或一个故事,有感而发。为避免枯燥、乏味,不得不用"爱"来替代,就像给一件商品打上条标签。朋友们千万不要对号入座。爱是一个永恒的主题。爱,不仅仅限于一个"情"字。爱事,爱物,爱世间的一切。这些,都是我们的创作素材,也是诗歌写作的重要元素。本诗集以遇见美好的爱为主题,并非局限于爱情,其实质是爱事业、爱故乡、爱亲人、爱世间万物。时刻保持一颗大爱之心，生活才会充满幸福与阳光！

　　这部诗集的出版，既是讨好脆弱的自己，又是为了满足那点老年的虚荣心。人这一辈子，太实就会太累。有时也要放松自己，比如，给平台发两首小诗，尽管自己清楚作品水平一般，质量难登大雅之堂，但平台推出后，虚荣心还是得到了短暂的满足。再比如，常参加一些"诗赛"，拿一个小奖，表面上看起来无所谓的样子，收到"红本本"时，内心还是像灌了蜜糖水。我只是暗暗开心，不告诉你！

　　特别感谢乡贤孤城先生，在百忙中牺牲了宝贵的休息时间，为本诗集写下了洋洋千言的序言。同时，也让孤城先生受委屈了，为这种低水平的普通诗集写序言，是高射炮打蚊子。以兄弟之情相托，他是有苦难言，不得已而为之，我心里当然了如明镜。

　　本诗集在编撰过程中，一直受到王武臣社长的关注。刘宗杰（刘刈）主席从繁忙的创作中，挤出宝贵时间，写出了诗评，给了我很大的鼓励。在此，向王武臣社长和刘宗杰主席表示衷心的感谢！

　　感谢乡贤周鑑明先生不吝拨冗为本书题名！

　　感谢著名诗人大卫老师，为本书的问世东奔西忙！

本诗集在出版过程中得到了南方出版社的关心与指导！在此，对南方出版社全体编辑老师的艰辛付出，表示衷心的感谢！

肖雪涛
2024年8月于北京郁金香大厦

图书在版编目（CIP）数据

遇见 / 肖雪涛著 . -- 海口：南方出版社 , 2025.
4. -- ISBN 978-7-5501-9598-1

Ⅰ . I227

中国国家版本馆 CIP 数据核字第 2025XL0320 号

# 遇 见
## YU JIAN

| | |
|---|---|
| 作　　者 | 肖雪涛 |
| 责任编辑 | 白娜 |
| 整体设计 | 魏义福 |
| 策划出版 | 大卫工作室 |
| 出版发行 | 南方出版社 |
| 邮政编码 | 570208 |
| 社　　址 | 海南省海口市和平大道 66 号 |
| 电　　话 | （0898）66160822 |
| 传　　真 | （0898）66160830 |
| 印　　刷 | 三河市华东印刷有限公司 |
| 开　　本 | 880mm×1230mm　1/32 |
| 印　　张 | 8.625 |
| 字　　数 | 110 千字 |
| 版　　次 | 2025 年 4 月第 1 版 |
| 印　　次 | 2025 年 4 月第 1 次 |
| 定　　价 | 58.00 元 |

告读者 : 如发现本书由质量问题请与印刷厂质量科联系

定价：58.00元